智元微库
OPEN MIND

成长也是一种美好

真相只有一个

李媛媛
刘　潋
著

刘洪波
审校

人民邮电出版社

北京

图书在版编目（CIP）数据

真相只有一个 / 李媛媛，刘潋著. -- 北京 ：人民
邮电出版社，2023.8
ISBN 978-7-115-61589-3

Ⅰ．①真… Ⅱ．①李… ②刘… Ⅲ．①故事—作品集
—中国—当代 Ⅳ．① Ⅰ 247.81

中国国家版本馆CIP数据核字(2023)第060883号

◆ 　　　　著　李媛媛　刘 潋
　　责任编辑　黄琳佳
　　责任印制　周昇亮
◆ 人民邮电出版社出版发行　　　北京市丰台区成寿寺路 11 号
　　邮编　100164　　电子邮件　315@ptpress.com.cn
　　网址　https://www.ptpress.com.cn
　　河北京平诚乾印刷有限公司印刷
◆ 开本：889×1194　1/32
　　印张：8　　　　　　　　　　2023 年 8 月第 1 版
　　字数：150 千字　　　　　　　2023 年 8 月河北第 1 次印刷

定价：69.80 元
读者服务热线：（010）81055522　印装质量热线：（010）81055316
反盗版热线：（010）81055315
广告经营许可证：京东市监广登字 20170147 号

列宁说过"一切科学都是应用逻辑",但是把逻辑推理运
用于文学创意写作却是一大创新。

由于中国语言的限制,中国文化史上极晚才产生叙事的文
学创作,"汉语是一道魔障,它为中国文学的发展规定了
一切的可能与极限。"① 所以,中国文化在很长一段时间内
缺少长篇叙事功能,没有诞生像《荷马史诗》那样的文
学作品,这种境况直到明清两代民间艺人的说唱艺术发达
才有所改观。《三国演义》《水浒传》《西游记》和《红
楼梦》等作品的问世,使得我们的文学艺术样式大为转
变,正所谓,一代有一代的文学:先秦散文、汉大赋、六
朝文絜、唐诗、宋词、明清小说。然而,这时的文学作品

① 张卫中. 母语的魔障:从中西语言的差异看中西文学的差异 [M]. 合肥:安徽大学出版社,
1998,6

依然使用文言文作为表达载体。"五四"新文化运动，白话文成为我们思想的物质外壳，使得文学作品的表现形式一下子异彩纷呈，发展到今天，我们在阅读文学作品时才会有如下感受：看爱情小说体悟情感的缠绵悱恻；看历史小说体悟时事的风云诡谲；看武侠小说体悟江湖的快意恩仇……

我们能够看到《真相只有一个》这样的文本，体悟逻辑的睿智和完美（诚如一位科学家所言，逻辑是不可反驳的，因为你反驳逻辑也需要逻辑）要感谢思想家严复。"侯官严氏，允称巨子"是章士钊给予严复的公允评价，严复把被培根称作"是学为一切学之学，一切法之法"的逻辑引入中国，使得我们能够用逻辑去是正我们的思维，从而进行正确的推理和有逻辑的论证，也使得我们能够应用逻辑推理撰写文学作品，为文学创作另辟蹊径，也为逻辑学的普及及推广拓宽边界。

侦破类文学作品在西方早已有之，《福尔摩斯探案集》是这方面的代表，这部作品在悬疑、解疑上做到了极致，而我们的《真相只有一个》另寻他路，在逻辑分析、知识传授上大放异彩。《真相只有一个》既体现了文学作品的故事性、趣味性、曲折性、生动性，也体现了思维的缜密性、逻辑性、指导性、实用性。

虽然《真相只有一个》选取的故事不多，但是这些故事大多具有连续性，寓教于乐的逻辑知识几乎涵盖了传统逻辑最为基本的相关内容。当然，逻辑学知识也不太可能在一本文学作品中完全体现出来，留待作者在今后的工作和学习中延续这样的工作。

有鉴于此，如果你想欣赏刻画人物形象、通过完整的故事情节和环境描写反映社会生活的艺术，那么你可以看《真相只有一个》；如果你想应用研究逻辑形式、简单的逻辑方法和思维规律的工具，那么你可以看《真相只有一个》；如果你既想欣赏刻画人物形象、通过完整的故事情节和环境描写反映社会生活的艺术，又想应用研究逻辑形式、简单的逻辑方法和思维规律的工具，那么你还可以看《真相只有一个》。

中国逻辑学会中国逻辑史专业委员会主任

南京大学哲学系教授、博士生导师

王克喜 博士

目录

初见①

① 本书中人名均为化名，如有雷同，纯属巧合。

"咚咚……"

"请进，门没关。"

萧长风轻轻推开虚掩的房门，傍晚的斜阳照进窗户，落在书桌上，给室内平添了几分温暖。一个长着国字脸，留着络腮胡子、平头发型的中年男子正坐在书桌前，对着电脑敲敲打打。萧长风伸头一看，就见电脑屏幕上写着"侦查推理"几个字。

中年男子站起身来，伸出右手微笑道："你好，我是徐若剑，请问你是？"

萧长风连忙双手握住对方伸出的右手，微微躬身道："徐老师，久仰大名。我是萧长风，市局刑侦队的，刘队让我来跟着您学习一段时间。"

萧长风感觉握在手中的手掌很有力量，而且这位徐若剑老师身材高大，宽宽的肩膀，眼眸明亮，目光锋锐。

"应该是个喜欢健身的人。"萧长风心中暗想。

"刘飞和我说过，"徐若剑点了点头打量了萧长风一眼，说道，"小伙子，你们队长很重视你呀。"

萧长风咧嘴一笑："哪里，是队长觉得我不成器，想请徐老师对我好好琢磨琢磨。"

"玉不琢不成器，你们队长用心良苦。"徐若剑指了指旁边的一张椅子，示意萧长风坐下，"你是想先看看书，还是我们直入正题？"

萧长风赶紧坐下并拿出了一个笔记本："徐老师，直接来吧。"

"好，我们先来看看第一个问题。"徐若剑在萧长风对面坐下，"你来说说，什么叫作推理？或者我们可以更明确一些，就案件侦破来谈谈这个问题。"

萧长风感觉这应该是一个考验，于是定了定神，思考了片刻才回答道："在我看来，就案件侦破而言，'推理'应该是根据已经掌握的线索去推测案件的真相。"

徐若剑笑了笑道："你说的基本点是对的，但并不全面……推理要具备这样几个先决条件：第一，要了解为什么需要推理，即推理的原因；第二，要知道怎样进行推理，这是指推理的方法；第三，要获得推理的前提；第四，要明确推理的目的。不知道为什么需要推理，说明思维是混乱的，没有了解案情；不知道怎样进行推理，说明你并没掌握推理思维的工具，这时所做的'推理'其实并不是推理，而是猜测；推理是通过分析前提中蕴含的信息之间的联系获得结论的思维形式，如果没有获得推理的前提，就不可能进行推理；如果推理的目的不明确，那么获得的推理结论就不是你想要的东西。所以，这四个先决条件缺一不可。"

"你回去后认真想一想。"说着他从书桌上拿过一张白纸，写下"原因""方法""前提"和"目的"四个词语递给萧长风，接着道，"破获案件、揭露真相是我们进行推理的原因，就是你刚才说到的'推测案件真相'。推理需要恰当的推理方法，我前面说到的'推理思维的工具'这个概念，是指'逻辑思维的工具'，简单说就是逻辑推理方法。我们要学会灵活、合理地运用逻辑推理的方法，以获得与案件有关的并且是我们想知道的案件要素。你提到的'已掌握的案件线索'，其实就是推理得以进行的前提，这非常重要，它是保证推理结论正确的关键；我认为你说得

'并不全面'，主要是指你并没有搞清楚推理的目的与推理的原因之间的联系与区别。案件推理从来都不可能直接推测出案件真相，而只能通过推理明确某个案件要素，比如时间、地点、作案手段、作案工具、团伙成员、惯犯或初犯、与被害人的关系等。只有当所有案件要素都明确后，我们才能揭露案件真相，也就是说，揭露案件真相需要进行若干正确的推理。如果缺少原因、方法、前提和目的这四个条件中的任何一个，都不叫推理，而只能叫作猜测。假如因此还破了案，那就是'撞大运'式的破案，偶然一次也许还好，经常这样就必发冤案。"

萧长风思忖了一下，问道："徐老师，我们都知道推理在破案中的重要性，但有没有不通过推理也能破的案件？"

徐若剑愣了一下，随即哈哈大笑："小伙子的脑筋转得很快嘛，不通过推理破的案当然有，还不少呢，比如嫌疑人作案时被你抓了现行，基本上就不用推理了。"

萧长风不好意思地抓了抓脑袋，笑道："也是。那么推理中什么最重要呢？"

"都重要，权重相当。"徐若剑道，"当然，从我个人的专业和你来这儿的目的来说，你需要学习的是方法。"

"就是推理方法？或者说是逻辑思维方法？"

"对，就是逻辑思维方法，也可以称为逻辑思维工具。"徐若剑点头道，"逻辑思维方法是案件侦破的思维工具。如果我们掌握了这个工具，就可以通过已知的案件信息明确案件要素，从而了解事实真相。"

萧长风恍然道："哦，明白了……但说实话，我还是有些疑惑，到底是侦查经验重要还是逻辑思维重要？据我所知，绝大部分的一线侦查员并不具备逻辑学的相关知识，破案确实主要依靠经验，但这并不妨碍案件侦破呀。"

"你的这个问题问得很好。我认为，大多数一线侦查员的确没有系统地学习过逻辑理论或者熟练掌握了逻辑方法，但这并不能说明他们就没有逻辑思维的能力。他们与真正能够熟练运用逻辑方法破案的人的不同之处，从专业上说，仅仅是自发逻辑和自觉逻辑的区别；从实际侦查工作来说，可能是效率的差别。一般来说，无论学没学过逻辑理论、能否熟练运用逻辑方法，或许最终都能破案，但所耗费的侦查成本可能就完全不同。这里所说的侦查成本，是指人、财、物和时间的消耗。"徐若剑接着又微微一笑道，"只通过语言描述，你恐怕很难对侦查成本有一个直观印象，我们来做一个小实验你就知道了。对，你的第一课就从这里开始吧。"说罢，他站起来，在满满当当的书架上寻找了一番，最后抽出来一沓手稿递给了萧长风。

萧长风接过手稿简单翻看了一眼，发现似乎是一部短篇侦探小说，忍不住向徐若剑投去询问的目光。

徐若剑指了指手稿道："这是我的一个学生写的小故事，是个非常传统的暴风雪山庄模式的侦探小说，内容还算有趣，我给你的这个部分只有案件描述，你看一看，然后试着给出你的答案。"

萧长风拿着手稿问道："我可不可以拿回去仔细看看？"

徐若剑挥了挥手道："拿去吧，下次我们就一起讨论讨论这个案件，看能不能发现什么有趣的东西。"

第壹　章

暴风雪山庄谋杀案

"徐老师，我来了。"三天后，萧长风再次走进了徐若剑的办公室。

"哦，来了，坐吧。"徐若剑坐在沙发上，放下手里的茶杯，"说说看，有什么想法。"

"我认真阅读了整个故事，对案件的核心内容进行了详细的梳理。"萧长风把手稿放在面前的茶几上，然后将上面几页纸推到徐若剑面前，"这是我整理的案件主要信息和我的一些想法，您看对不对？"

徐若剑伸手拿过来一看，只见纸上有许多文字。

1. 因泥石流导致道路断绝的大宅里有 7 人：男主人、女主人、大女儿、儿子、保姆、园丁和女客人。早上，保姆叫所有人吃早餐时发现大女儿死在卧室。

2. 案发现场的房门没有被破坏。据保姆说，她是在敲门没有人应门后告知了男主人，经男主人同意后，用钥匙打开了大女儿的卧室门。当时房门是反锁的，开门时女客人正好下楼，看着她用钥匙打开了卧室门。卧室是三套间格局：最里面是浴室和卫生间；中间是床和衣柜；外间则是小书房兼小型会客室，有书桌椅、书架、沙发和茶几等。这间卧室位于三楼，小书房的窗外有一棵大树，窗户关闭但没有上锁，窗户外墙和窗台上有攀爬的痕迹，但无法判断是谁留下的。书桌上有被害人写了一半的勒索信。

3. 被害人倒在书桌旁的地毯上，身着浴衣，赤脚；身上有鼠尾草精油的气味，浴室里有一小瓶用过一些的鼠尾草精油；身体上没有外伤或针孔，口腔内没有异物、残渣，但有淡淡的异味；被害人没有疾病史。由这些情况初步断定，被害人死于中毒，但不能确定是自杀还是他杀；因为大宅封闭且在场诸人没有相关医学常识，所以无法确定被害人准确的死亡时间，只能根据发现时尸体冰冷，判断她已经死去很久了。

4. 案发现场的书桌旁有翻倒的餐盘，里面的食物散落了一地，有蛋糕、鸡胸肉、面包三种食品；但因为发现尸体时众人十分慌乱，这些食品都被踩得稀烂，已经无法判断是否被食用过。

5. 地上倒放着一瓶矿泉水，盖子是打开的，水流了一地，无法确定这瓶水是否被喝过，只能根据流淌在地上的水渍量确定就算有人喝过也喝得不多；另一瓶矿泉水完好无损地放在书桌上。从外观上看，两瓶矿泉水没有区别，说明地上的矿泉水原本也应该是放在书桌上的，矿泉水瓶上没有针孔之类的痕迹。

6. 平时这栋大宅里只有男主人、女主人、保姆和园丁4人居住；案发当日是男主人的生日，因此大女儿、儿子和女客人提前到达大宅，准备为男主人庆祝生日；女客人是儿子的前女友以及大女儿的同学，这次受到大女儿的邀请而来。

7. 儿子是在前一天上午到达的，女客人是在前一天晚饭前到达的，被害人则是在前一天的深夜冒雨赶到大宅的；在被害人到达大宅后，泥石流摧毁了前往大宅的道路，因此凶手不可能是在场诸人以外的其他人。

按照故事情节进行简单分析，基本可以得到如下结论。

1. 从现场封闭的情况看，虽然早上保姆发现被害人的尸体时，房门确实是反锁的，但由于保姆和男主人都有房门钥匙，窗户只是关闭并没有上锁，窗户附近还有攀爬的痕迹，这说明现场并非密闭的环境。

2. 从持有毒药的情况看，被害人的行李中有半瓶毒药；男主人的大书房里丢失了一瓶毒药，这瓶毒药是女主人放在大书房的；女主人的植物园温室里也有毒药。从获取毒药的可能性上看，任何人都有机会得到可以致人死命的毒药。这些毒药是同一类毒药，都可以通过皮肤接触和服用两种方式生效，服用的起效时间在 5 秒以内，而涂抹的起效时间在 3 分钟左右。

3. 从动机上看，大宅里的每个人都有可能杀死或误杀被害人。女主人与男主人性格不和，浴室里的鼠尾草精油是男主人常用的；儿子为了继承遗产；男主人因为发现儿子不是亲生的，于是在儿子平日很喜欢的鸡胸肉里投毒，当天儿子虽然到达餐厅但因为口腔炎而没有吃晚饭；保姆喜欢儿子且多次受到被害人的欺辱；女客人是女儿勒索信的勒索对象；园丁是男主人的私生子。

当天所有人的行动如下。

1. 男主人承认自己在一块鸡胸肉中下过少量毒药，并在晚饭时刻意将这块肉放在了儿子的餐盘里，但儿子没有吃，事实上这块肉确实已被倒入垃圾桶，显然不可能再出现在被害人的盘子里，因此他认为自己没有嫌疑。他也是唯一承认自己使用过毒药的人。

2. 据保姆说，当天是她给浑身湿透的被害人开的大门，并拎着被害人的行李带着被害人进的卧室。被害人走进卧室立刻脱掉衣服去洗澡了。保姆按照被害人的习惯整理了被害人的行李，然后去厨房拿了一些夜宵给被害人食用。为避免有人在被害人洗浴时进入房间，保姆离开时锁了房门。锁着的房门可以从里面打开，所以不会给被害人带来麻烦。当保姆端着食物回到卧室时，房门却是虚掩着的。她直接推开门，发现被害人已经穿好浴衣坐在书桌边准备写信了，保姆将夜宵放好就离开了。

3. 女主人说她当天根本没见过被害人，被害人到达大宅时她已经在卧室睡觉了。她一直有植物学方面的爱好，承认大宅里出现的这些可以用作毒药的药物都是她"出于兴趣"从某些特殊的植物中提取的，当然这种药物还有另一种用途——可以用来延迟一些花的花期，而且效果极好。

4. 儿子到达大宅后，立即去了被害人的房间，发现被害人还没有回来便离开了。因为遗产的问题，儿子白天和男主人吵了一架，并因此知道了自己并不是男主人亲生儿子的事实。晚上他听到了楼下开关大门的声音，知道姐姐回来了，决定去和对方谈一谈。据儿子说，他敲门没人回应，以为被害人躲着他，于是一直敲门并守在门外，大概5分钟后被害人开门了，两人没说几句就不欢而散了。他回到自己房间时，看到保姆端着盘子从走廊匆匆走过，保姆也表示听到了争吵声并看到了儿子回房间关门的瞬间。

5. 女客人听到被害人要勒索自己时非常惊讶，表示不清楚被害人为什么要勒索自己。据她所说，当天晚饭后她就回自己房间了，被害人到家时她完全不知道，应该是已经睡着了；不过因为睡觉时窗户没有关严，晚上似乎听到窗外有动静，当时以为是猫，所以并没有前去查看，具体时间不清楚。被害人小书房的窗户在女客人卧室窗户斜下方，相距 4 米左右。

6. 园丁表示自己当天晚饭后去花园照料了花圃里的"晚香玉"，在被害人到达之前就回到自己在花园温室旁的房间睡下了。作为兼职的园丁，第二天需要很早就起床，他不知道被害人是什么时候到达大宅的。他承认知道自己是男主人的私生子，但因为已经在这里工作了 10 年，早就对此看开并放下了，且男主人承诺会在遗嘱里给他一笔钱，因此，他并不纠结自己是私生子这件事。

分析 篇

"这个故事里有作案动机和具备实施犯罪条件的嫌疑人也太多了，甚至还有误服毒药的可能，有没有监控之类的线索可以更进一步缩小范围？"萧长风皱起眉头道，"被害人死于中毒，但故事里也没有关于验毒的叙述，现场哪些东西是有毒的也不知道……也没有关于指纹方面的描述。正常情况下，只要看看监控、比对一下指纹，这个案件就很容易破了。但这些东西都没有，要在这个基础上找到凶手，我认为只能靠审讯来突破了。"

徐若剑笑着摇了摇头："虽然侦查科技的日新月异可以尽可能多地给侦查员提供线索，帮助侦查员对自己的推理进行验证，但是我们不能对它产生依赖心理。如果脱离了监控、指纹和DNA就无法破案，那就算不上高水平的侦查员，而只是一个拿各种高科技结论做拼图的学徒。"

　　徐若剑顿了顿接着道，"每个行业都有基本功，把基本功练好，才能更好地驾驭新的科技手段，而不是用新的科技手段去代替基本功，否定行业基本知识的重要性。现在的侦查手段更加多元、便捷，但侦查员的思维能力是任何科技都代替不了的。面对案件，不能为了省事就直接去看视频、比对指纹和进行 DNA 鉴定。如果现场不具备这些条件、现场被破坏，或者犯罪嫌疑人具有极强的反侦查能力，那么案子怎么侦破呢？所以，科技手段大多是一对'翼'，对侦查工作可以起到如虎添翼的作用，但侦查思维能力才是根本，是那只'虎'，如果我们轻'虎'而只重'翼'，不能说是本末倒置，至少是主次混淆。"

　　"嗯……，我再看看。"萧长风略有所悟地看着自己梳理出来的材料，"应该从哪里入手呢——动机？"

　　徐若剑点了点头道："你可以先试着分析一下动机。"

"从人物关系看，可能男主人想谋害儿子，女主人想谋害男主人，不过男主人和女主人应该都没有谋害自己女儿的动机；但存在女主人想谋害男主人，却让被害人丢了性命的可能性。女客人的动机不明确，因为无法确定她是不是真的不知道被害人会勒索她，所以她的嫌疑不能完全排除。保姆的杀人动机感觉有点胡扯，因为受到被害人的欺辱就杀人，这太文学化了，这种情况在实际生活中还是比较少的。园丁……就像他说的，要杀人早动手了，总不可能在长达 10 年的时间里都没机会吧？如果是园丁杀人，就应该是为了男主人的遗产，但他杀了被害人就能继承遗产吗？他此时并不知道儿子不是男主人亲生的。这样看来，只有儿子的嫌疑最大。虽然他知道自己不是男主人的亲生儿子，但从法律的角度讲，在没有其他合法继承人的情况下，他有很大机会成为遗产继承人。由于不知道园丁才是男主人的亲生儿子，那么他会理所当然地认为只要姐姐死了自己就能继承遗产，所以他有充分的杀人动机。"

说着说着，萧长风似乎找到了感觉，"从作案工具看，儿子是能够拿到毒药的，所以作案工具也有了。至于作案时间，他自己说去过被害人的房间，而且去过两次，我推测，也许是他在浴室里的精油或水里下了毒，所以保姆送食物的时候看到被害人还活着，但随后人就死了。"

说完，萧长风有些得意并用期待的眼神看向徐若剑，心里非常希望得到这位"推理大师"的认可。

徐若剑并没有直接点评萧长风的推论，而是饶有兴趣地问道："男主人知道儿子不是自己亲生的，可能不想把遗产分给儿子，这当然会让儿子感到气愤，如你所说，儿子甚至会对有绝对继承权的被害人产生杀意。但是，姐姐死了，父亲难道一点儿都不怀疑儿子，而一定会把遗产留给儿子吗？"

萧长风闻言一怔："当然不可能……我、我的推测错了吗？"

于是，他再次低下头看了看茶几上的手稿，有些犹豫地分析道："那……那就是园丁，可能他听到了男主人和儿子争执遗产的事情，所以知道儿子不是男主人的亲生子，如果被害人死了，自己就成了男主人唯一的儿子，所以动了手？至于他用的毒药……大概就是男主人书房里丢失的那瓶，他长期在这个大宅里工作，知道书房里有毒药也很正常；或者他有可能用的是温室里的毒药？他是园丁，肯定也有温室的钥匙，能很方便地拿到毒药……"

徐若剑打断道："如果凶手是保姆呢？"

萧长风完全愣住了，问道："啊？怎么会是保姆……虽然，但，唉！这应该不可能吧，难道保姆有些变态，真的会因为被害人的欺辱就杀人……"

徐若剑笑道："也不一定就是变态。保姆喜欢儿子啊，和园丁一样长期在大宅里工作，园丁可能知道儿子不是男主人亲生的，保姆也有可能知道这件事，甚至还可能知道园丁的私生子身份。所以，要么她和儿子合谋作案，杀了大女儿，再来一起对付园丁；要么她为了讨好心上人，让心上人生活有丰厚的物质基础，自己一人作案。是不是有这种可能呢？凭她的身份，是能够轻松拿到毒药的，况且她还有被害人房间的钥匙，作案更加便捷。如此看来，关于保姆是凶手这个判断，是不是也有合理性？再说，如果女主人在精油里投毒想毒死男主人，而不知情的被害人使用了有毒的精油成了替死鬼，是不是也有可能呢？"

听完这段话，萧长风感觉自己的脑袋里似乎被人塞了团乱麻，刚才好似清晰的思路顿时被搅得犹如一锅糨糊。

停了半晌，萧长风定了定神说："我好像越来越糊涂了，这个故事给的信息是不是有遗漏呀，仅凭这些线索怕是无法找到真相啊！"

徐若剑轻轻拍了拍手稿，说："这里面给的信息已经很多了，足够我们用的。"

萧长风苦笑道："看来还是我不够聪明，还是请徐老师给解解惑吧。"

徐若剑往沙发背上靠了靠，找了一个更加舒服的坐姿，说道："案件推理是大脑进行逻辑思维的过程，其核心是使用逻辑方法对案件中收集到的资料进行综合加工和深入分析。一个严谨的案件推理，过程必然是符合逻辑的，其结果也必然是合理且排他的，如果不能做到这一点，就不是正确的推理，甚至不是推理。"

顿了顿，徐若剑又道，"你刚才在推论时之所以出现困惑，关键在于你并不是在'推理案件'，而是在'做拼图'。你试图将案件中的特征与你想象中的凶手强行拼凑在一起。当你发现有多个角色都可以被强行拼凑时，你就无法发现真相了。这种推论具有'预期性'，即你希望如此。事实是不是真的如此呢？换个说法，你的推论有明显的经验主义的痕迹。经验虽然是个好东西，但局限性很大。经验实际上是对以往破案经历的总结，并不纯粹是依据现有信息、现有时间和空间进行逻辑推理的，这就导致一旦推理者没有足够的经验或者现场出现了超乎推理者经验的东西，那么一切推理的基础就将不复存在，极有可能导致推理无法进行，或者得出错误的结论。"

萧长风像小孩一样眨着眼睛看着徐若剑，仿佛在说，我以前学习侦查时是怎么学的……心里则有些兴奋："来了、来了，真正的推理来了。"

徐若剑站起来缓缓走到书架边，背对着萧长风，突然说道："你喜欢哲学吗？"

"哲……哲学？"萧长风顿时迷惑了，好好地聊案子怎么聊到了哲学，哲学和案子有关系吗？他心里不解，但还是小心翼翼地道，"平时忙，没有时间看书，也不是很了解哲学。"

徐若剑说："古希腊哲学家赫拉克利特说，'人不能两次踏进同一条河流'。德国哲学家莱布尼茨说，'世界上没有两片完全相同的树叶'。这两句话都出自哲学家之口，我想这放在案件推理里大概也具有特别的意义。事物在时间和空间上是运动变化的，这个哲学规律对案件推理同样适用。我们不能用固定和僵化的眼光看案件，而要用运动和变化的思维来对待案件，这样你就能处理好经验和案件推理的关系了，不是吗？"

"啊！那么高深呀？我好像没太听懂，哲学也可以破案吗？"萧长风感到更糊涂了。

"不是哲学可以破案，哲学理论大多是放之四海而皆准的真理，用它来指导办案有什么不对吗？"徐若剑转过身对着坐在沙发上的萧长风风趣地说道，眼神里充满对年轻人的期待。

萧长风满头雾水："但是，怎样用哲学来破案呢？"

徐若剑正色道："哲学可以让我们拓宽思维、打开格局，哲学是一切学科的指导性学科，逻辑就是由哲学孕育出来的一门学科。要真正学会进行案件推理，就需要扎实地学习一些哲学和逻辑理论，做一些逻辑训练，锤炼逻辑思维。一个案件发生后，总会出现很多关于案件的推测，有的漫无边际，有的有模有样，有的联想丰富，有的中规中矩，但是案件推理和胡乱猜测是有本质区别的，要记住：'案件真相只有一个'。侦查工作是打击犯罪、揭示事实真相的过程，同时，侦查基本上是看不见犯罪过程而又要还原犯罪过程的一种特殊工作，所以要求侦查员具备严密的逻辑思维、进行严谨的逻辑推理，这样才能尽可能完整、真实地揭露案件真相。"

萧长风有些尴尬："可能我接触的案件还不够多，阅读案件的能力较差，故事里的这些信息看得我头晕目眩，真不太清楚哪些信息是有用的、哪些是无用的……确实只是靠猜测拼凑线索而已。"

徐若剑摇了摇头道："故事里的信息之间其实是有关联的，当然也有一些信息意义不大，甚至可能会干扰你的判断。但是，只要进行深入分析，就可以厘清各种信息所关联的客观事实，这个过程就是推理，这样获得的结论是合理的。如果仅凭经验和感觉去被动接收故事里的信息，就只能靠猜测来获取结论，这样的结论十有八九是不合理的。案件推理和胡乱推测的区别就在于此。"

萧长风轻轻叹了口气："在大学里，逻辑课的老师从来没有教过我们怎样分析案件，学的好像都是一些听着似懂非懂的理论，我总以为逻辑是一门故作高深的学问。当大家都说逻辑对侦查多么重要时，说实话，我心里还是有些不以为然的。所以，我一直对逻辑学有抵触心理，既不想学，也觉得自己学不懂、学不会。这次刘队让我来跟着您学习案件推理，我都没联想到逻辑，看来我是该静下心来学一学这方面的知识了。"

　　"我们接着说这个案件。"徐若剑走到沙发前坐下，喝
了一口茶，示意萧长风把手稿给他，然后手指在上面点了
点道，"分析案情不要先入为主地认为谁是作案者，然后
去找证据来证明这个论断，而要以事实为基础，运用逻辑
的方法去找出案件的各个要素，这样作案者自然就会浮出
水面。

　　"就这个案件而言，因为道路封闭没有外来人员进入，
也没有人从这里出去，所以，嫌疑人就在其中。要找出凶
手，不能单纯地分析犯罪动机，因为这样只涉及犯罪构成
要件的主观方面，犯罪动机固然是犯罪形成的一个重要因
素，但不是唯一因素，只有实施犯罪才是作案者将主观想
法变成客观实际的重要环节，即犯罪构成的客观方面。"

　　萧长风认真地点了点头："我已经意识到了，前面的

所谓'推论'，其实几个要素之间彼此都没有必然的联系，我只是证明了某个人'有可能作案'，根本没有推导出'谁是凶手'。如果是您来推理，会怎样思考呢？"

徐若剑轻轻拍了拍手稿："由于此案大多数人都具有犯罪动机，没有动机的也可能涉嫌过失犯罪，所以应该重点考虑谁具有实施犯罪行为的能力。我梳理出几个关键要素：获得毒药、下毒时间、下毒方式、怎样进入犯罪现场、熟悉环境、攀爬能力。要想最终确定凶手，必然要先明确大宅里每个人与上述案件要素之间的关系，实施犯罪的人应该高度契合这几个要素，这必然会涉及若干逻辑推理方法，不过最终的推导结论可以用穆勒五法中的求同法来获得。"

侦查推理

萧长风一脸茫然："求同法？"

徐若剑笑道："在这里我就不给你讲穆勒五法的理论了，你自己回去看书吧。我只讲案子，案件中有的信息非常重要，可能就是破案的钥匙；而有的信息貌似重要，实际上对案件侦破来说并非关键；如果你能在众多信息中进行有效筛选，那么这样的侦查工作就是高效的。"

他接着道："房门是反锁的，一般来说，其他人没有理由反锁房门，因此反锁房门的，要么是凶手，要么是被害人。现场并不是完全封闭的环境，凶手没有必要为了制造密室而反锁房门，因此如果最后通过此门的是凶手，则凶手没有必要锁门，因为只有两个人有钥匙——男主人和保姆。如果凶手是其一，锁门只会缩小嫌疑人范围；而如果其他人刻意锁门，则必然是为了嫁祸某个有钥匙的人。但从案件给出的信息看……"

萧长风恍然大悟，插嘴道："因此可以得知，门是被害人锁的……锁门时被害人还活着，可以推断出大致的死亡时间。"随后他又困惑地皱眉道，"但这能说明什么呢？被害人死于中毒，毒药可以延迟发作，虽然锁门时被害人还活着，但并不能证明凶手是在锁门后进入案发现场的啊？凶手完全有可能在被害人锁门前进入，或者从窗户爬进来……这样还是没有缩小嫌疑范围呀。"

徐若剑道："继续推理下去你就知道了。既然说到中毒，那么我们先假设被害人死于谋杀，在你看来，凶手投毒的途径是什么？"

萧长风摸了摸下巴，思忖着道："被害人身上没有外伤，目测也没有针孔，结合毒药的使用途径，这种毒药可以通过涂抹或服用生效，且没有其他任何信息提到被害人额外涂抹了什么……综合起来，可能的中毒途径有 3 个：食物、水、精油。但因为没有验毒也没有解剖尸体，所以不知道中毒的途径是哪一个或哪几个，被害人到底是怎样中毒的还是无法推测。"

"真的无法推测吗？"徐若剑道，"根据掌握的信息，被害人要么是服用了毒药，要么是涂抹了毒药，服用毒药的生效时间是 5 秒左右，而涂抹毒药的生效时间是 3 分钟左右……在这个前提下，我们可以得出结论：如果被害人是吃食物或喝水中毒，那么她会死于吃东西或喝水后的 5 秒；如果被害人涂抹了毒药，那么她会死于涂抹后的 3 分钟。这点没有疑问吧？"

萧长风点了点头。

徐若剑接着道："回到现场，我们先分析被害人是否涂抹了毒药，被害人被发现死亡时衣着整齐，身边没有任何用于涂抹的物品，只是身上散发着鼠尾草精油的气味。保姆证明她端着餐盘回来的时候被害人正坐在桌边写东西，这说明什么？"

萧长风想了想，慎重地说："说明被害人洗完澡、涂抹精油、穿上浴衣、来到书房、打开纸并开始写信，保姆来、保姆走、锁门……在这个过程中，唯一可能接触毒药的途径就是涂抹精油，而从涂抹精油到要完成后面的所有步骤显然应该超过 3 分钟了……所以，精油中有没有毒药不知道，但基本可以确定被害人不是被精油里的毒药毒死的。啊，这样看来，误杀的可能性就排除了，就是说女主人应该没有嫌疑。"

"嗯，思路开始清晰了。"徐若剑满意地点了点头，"好，那么我们已经排除了因涂抹精油中毒这一种可能性。来看剩下的两种可能，被害人要么是死于食物里的毒药，要么是死于水里的毒药……回到现场，你发现了什么？"

萧长风此时觉得自己终于"上道"了，他按照前面徐若剑的推理方式尝试道："被害人口腔是干净的，没有食物残渣，毒发时间只有5秒，这5秒甚至不够一个人把食物完全咀嚼并咽下，更不要说清理口腔中的所有残渣……分析现场打翻的矿泉水瓶和餐盘，矿泉水的瓶盖被拧开，水流了一地，说明被害人死前打开了矿泉水瓶，接着喝下了一口水，由于水里有毒药，毒性立即发作，被害人倒地时带翻了桌上装有食物的餐盘，这才是被害人倒下时导致矿泉水一起泼洒在地上的原因，由于毒发时间只有5秒，因此，杀死被害人的只能是矿泉水里的毒药！"

"非常好！你对推理开始有感觉了，小伙子很聪明呀。"徐若剑拍了拍萧长风的肩膀，脸上露出满意的微笑，"现在我们已经得出了两个结论：一是被害人死于矿泉水里的毒药，其他东西要么是无毒的，要么虽然有毒但并非被害人的致死原因；二是被害人死前自行关闭并锁上了房门，且此后房门并没有再被打开过。"

徐若剑接着说："我们再来回顾被害人当天的活动。被害人进入大宅后在保姆的带领下来到卧室，保姆收拾行李时被害人去洗澡了；随后保姆去厨房，离开时锁了房门，这导致儿子来到被害人房门前却无法直接进入房间，只能敲门，而被害人洗完澡开门和儿子发生了争执；儿子返回自己的房间，保姆放下餐盘，离开，被害人锁门……那么，毒药是什么时候被投放的？"

萧长风道："凶手投毒的时间要么在被害人到达之前，要么在被害人到达且锁门之后。如果在被害人到达之前，那么凶手一定要提前拿到毒药并且知道被害人的卧室位置，知道卧室里有矿泉水随后进去投毒……按时间关系，所有人都有可能提前去做这件事。但如果投毒时间是被害人到达之后……似乎没有可以佐证这个要素的信息呀……"

徐若剑微微一笑："你再好好想想。"

萧长风沉默了一会儿，恍然大悟道："哦，攀爬的痕迹……"

徐若剑："对了，就是攀爬的痕迹。"

"窗户外墙和窗台上都有攀爬的痕迹，窗台上的痕迹可以伪造，外墙的攀爬痕迹是无法伪造的，当天又下了雨。谋杀，一定是谋杀。"萧长风有些激动，语速加快了不少，"如果投毒时间是被害人到达之前，那么此时卧室并没有上锁，如果攀爬的痕迹是故意用来转移视线的，那么凶手没有任何理由非要攀爬窗户。因为所有人从走廊进入被害人的卧室都是很正常的，只要稍微关注走廊，趁着走廊没人进去投毒就行了，攀爬进入完全是画蛇添足。如果攀爬行为和投毒无关，那么就应该有人愿意承认为什么攀爬，就像男主人承认在鸡胸肉里投毒一样……所以攀爬行为只可能和投毒行为直接相关，而攀爬这件事不可能发生在被害人到达之前，所以攀爬窗户并在水里下毒的时间应该是被害人到达之后。"

"我们来试着逐一厘清相关信息。"徐若剑道，"首先，是谁攀爬进卧室并投毒呢？"

萧长风想了想："会不会是儿子攀爬的？他敲门时被害人没有应门，于是他离开了大宅从外面攀爬进入被害人的卧室，投毒，随后回到大宅……不不不，不对，这说不通，他没有必要再回去和被害人发生争执。他攀爬进卧室投毒后悄悄离开就行了。正常情况是，如果他没有和被害人发生争执，那么根本没有人看到他，他只要说自己压根没出现就行了……同样，保姆也没有必要攀爬进卧室，她不仅有房间钥匙，还可以借服侍被害人的机会，正大光明地进入被害人的房间，在食物、水、浴袍……任何地方投毒都行，她完全没有必要攀爬进入被害人的房间。"

"嗯，思路正确。"徐若剑颔首道，"那么其他人呢？"

"如果只看攀爬能力，除了儿子和保姆，男主人？不太可能，他有钥匙，没必要爬窗户，再说他年龄应该比较大了，不一定有攀爬的能力。"萧长风摇头道，"女主人？也不可能，从故事给出的条件看，她应该也没有攀爬能力；还有谁？嗯，女客人？比较年轻，可能有这能力；园丁呢？当然有能力攀爬进房间。"

"好，按你的分析，具有攀爬能力的，如果不包括儿子和保姆，就只有女客人和园丁对不对？"徐若剑看着萧长风道，"但是，究竟会不会是人为制造的假象呢？如果加上这个因素，你再分析一下看看。"

"哦，制造假象，攀爬的假象吗？"萧长风抓了抓脑袋道，"如果是这样，就得加上儿子和保姆，但男女主人肯定是不可能的，这涉及作案动机，他们都没有作案动机。但是，很显然，这个攀爬的痕迹不可能是伪造的，所以，肯定有人爬了窗户，这一点没有疑问。"

"既然又说到了动机。"徐若剑道，"你再分析一下每个人可能存在的作案动机。"

"好，我试试看。"萧长风正了正身体拿过一张纸，写下"男主人""女主人""儿子""保姆""女客人""园丁"这6个人物，"儿子自然是为了财产继承的问题，不过前面已经分析过，就算被害人死了，他也极大可能拿不到继承权，当然，心中不忿也可以成为作案动机，不过我认为，他泄愤的头号对象应该是男主人而不应该是被害人；保姆？因为受到过被害人的欺辱，有作案动机，但可能性不大；如果女客人说了假话，她和被害人之间有某种不为人知的利益纠葛，就存在作案动机；至于园丁，则肯定有作案动机，假如他听到了男主人和儿子的争吵，知道儿子与男主人没有血缘关系，那么如果被害人死了，男主人就有可能把大部分遗产留给他，唯一的疑点是，他到底知不知道自己是男主人唯一的儿子？"

"好，分析得不错。疑问是客观存在的，我们暂时放下，破案的最终目的是揭开案件真相，但同时也许存在一些不影响结论真实性的谜团。"徐若剑肯定地点了点头说，"前面分析了作案能力和作案动机这两个案件要素，下一步要弄清什么呢？哦，时间。如果攀爬的痕迹不是伪造的，那么是谁留下的？又是什么时间留下的呢？"

萧长风思忖了一下道："攀爬的痕迹肯定不是伪造的，投毒的路径必然是被害人小书房的窗户，也就是说攀爬者就是下毒者。我认为，被害人应该是在写信时服用了有毒的矿泉水。被害人回到房间去洗澡，保姆离开房间并锁门……也就是说凶手通过窗户攀爬进被害人的房间，时间应该是在被害人去洗澡之后……这有点不同寻常，因为理论上讲，知道被害人一定会去洗澡的，应该只有保姆，因为是她给被害人开的大门，也只有她看到了被大雨淋得像落汤鸡一样的被害人。"

"然后呢？"徐若剑微微皱了皱眉头。

"呃，然后，"萧长风一怔，"不对呀，保姆是有钥匙的，如果她是凶手，只要等被害人洗澡时用钥匙开门就可以了，为什么要冒险攀爬呢？"

徐若剑点了点头，把纸上的男主人、女主人和保姆这3个人物划掉，随后道："对于其他没有见到被害人进入大门的人来说，即使他们知道被害人回到了房间，并且决定攀爬入室投毒，正常的做法也是在深夜，即所有人包括被害人都入睡以后，那么被害人中毒的时间就不会是洗浴后写信时，而应该是在第二天一早甚至更晚的时间，这对凶手是有利的。是不是这样？"

"是的。"萧长风只能点头。

"虽然被害人到达大宅时是保姆开的门，但并不能因此说明其他人就一定没有看到浑身湿透的被害人。"徐若剑启发道，"有些案件信息并不一定是呈现在明处，不能因为故事只描述了保姆看到湿透的被害人，就推定其他人没有看到。"

"这样的话，岂不是所有人都有可能知道被害人一定会去洗澡？"萧长风颓然地叹了口气道，"又回到原点了，所有人都有嫌疑，只是程度不同而已，太复杂了。"

"怎么，这就败下阵来了？"徐若剑看着一脸沮丧的萧长风笑道，"来，我们把前面的分析捋一捋。一是获得毒药。所有人都可以接触毒药，除了被害人，其他6人都有嫌疑。二是下毒时间。被害人深夜到达大宅，通过前面的信息可知，表面上只有保姆和儿子知道，实际上可能6人都知道，除了被害人，6人都有嫌疑。三是进入作案现场的路径。钥匙和攀爬是一对对立的途径，通常有钥匙就可以便利地进入房间，不大可能舍近求远地选择容易暴露又很危险的攀爬方式。被害人的房间只有男主人和保姆有钥匙，在钥匙没有被窃取的情况下，假设是两人之一作案，那么现场就不应该留下攀爬的痕迹。现场有攀爬的痕迹，说明作案者没有钥匙，那么其他4人有嫌疑。四是熟悉环境。对于宅子里的房间布局，花园、楼梯等方位和陈设，男主人、女主人、保姆、儿子和园丁都熟悉，这5人有嫌疑。五是作案能力。凶手显然是通过被害人窗外的大树爬进房间的，因此这里所指的作案能力是指身体敏捷、能够攀爬上树的能力，儿子、园丁、保姆和女客人具备这个能力，这4人有嫌疑。六是作案动机。儿子、保姆、女客人和园丁这4人或多或少都有作案动机。这六个要素——毒药、作案时间、进入现场的路径、熟悉环境、作案能力、作案动机全部具备或具备要素最多的人是谁？"

"我看看，一、二、三……"萧长风猛地从沙发上跳起来道，"园丁，对，是园丁！虽然儿子也具备这六个要素，但相对来说，他的作案动机明显弱于园丁。园丁没有钥匙，他更有可能去攀爬。您列举的要素，他可是全部具备。"

"只有园丁，这应该毋庸置疑。园丁的工作原本就在花园，而且他也承认自己在当天晚上确实进过花园，被害人小书房的窗外就是大树。"萧长风此时似乎已豁然开朗，"我来还原一下整个作案过程。听到大门开启的声音，园丁可能有意或无意间看到了被害人回来时的状况，由于在大宅待了 10 年，他一定知道被害人卧室的位置和格局。被害人进入卧室后，他就攀爬上树偷偷观察被害人的活动，看到被害人进了浴室且保姆离开，他便爬进小书房，往书桌上的矿泉水中投毒。因为下雨的缘故，窗户外墙和窗台上留下了攀爬的痕迹——其实，选择攀爬进入房间对他来说比走廊更安全。一来他年轻力壮、身手敏捷；二来由于他是园丁，即使在爬树过程中被发现，也会因为园丁的身份不致引起怀疑；也正因为这个身份，如果贸然出现在大宅里的走廊上，反而很不合理。并且他可以先在树上观察，确定卧室小书房没人以后再进去投毒。嗯、嗯，肯定就是这样。"

"思路清晰、条理清楚。儿子和园丁都具备作案的全部六个要素，从理论上讲都有重大嫌疑。"徐若剑点头笑道，"但从合理性上看，儿子因为发现自己不是男主人的亲生儿子，所以面临可能无法继承遗产的现实，假设他起了杀心，幻想着自己一个人继承所有遗产，其实杀了被害人也没有意义，与其杀死与他争夺遗产的被害人，还不如杀了知道真相的分配遗产的男主人，这样还可能获得部分遗产。所以，对儿子来说，无论姐姐遇害还是父亲遇害，他都有重大嫌疑，一般人不可能去做这种'司马昭之心，路人皆知'的事情。"

他顿了顿接着道，"再来看园丁，他出身卑微，在大宅里干了 10 年苦力，突然知道自己是男主人的私生子，而原来的'少爷'反而只是一个'外人'，或许他觉得自己一个真正的'少爷'却在这个家当了 10 年的下人，吃了10 年的苦，父亲的所有财产都应该是自己的；而被害人只不过偶尔回来一趟，根本没有资格占有这个家的任何财产。所以，趁着被害人回来之际，除掉心腹之患的可能性是理所当然的。再从实施犯罪行为的便利性上分析，园丁对大宅子的结构布局清楚，获取毒药方便，对毒药的药性也比别人更了解，长期从事体力劳动，攀爬入室等行为对他来说也不是太费力，并且他还有园丁的身份作掩护。"

"我列的几个案件要素可以作为推理的目的，故事中各个人物的身份和他们之间的关系则可以作为推理的前提。我们通过分析和筛选，推断凶手的可能性，这是推理的结论，案件到此其实已豁然开朗。最后，再运用逻辑学穆勒五法中的剩余法——嗯，也叫排除法——进行归纳，便可基本确定园丁就是凶手。当然，推理不是事实，这一点我们一定不能忘记。在实际侦查工作中，推理获得的一切结论，都必须用客观事实来确认。"

萧长风想了想还是决定说出心中的疑问："那么，园丁是不是听到了男主人与儿子的争吵，从而知道自己是男主人唯一的儿子呢？这个问题在故事里可没有交代。"

徐若剑眯了眯眼睛，目光深邃，沉思道："或许吧！当然，可能园丁听到了争吵声，也可能他早就通过什么途径知道了，也许男主人刚好最近准备立遗嘱……谁知道呢。正如我前面所说，我们在破获案件的同时，也应该允许存在某些不影响揭开事实真相的谜团。"

"总算把这个案件弄清楚了，还真是'烧脑'。"萧长风长长呼了一口气道，"徐老师您说的求同法是？"

"顾名思义，'求同'就是求共同点。"徐若剑笑道，"我们列举了若干案件要素，然后逐一寻找与它们匹配的人，排除与它们不匹配的人，这也符合法律上提倡的'无罪推定'——如果某人与所有案件要素都匹配，那么此人就具有重大嫌疑，就是我们侦查的重点。要注意，求同法不仅针对犯罪者，有的案件在明确案件要素时也适用。关于这种方法的理论，你可以回去认真看一下，当然，在实践中要注意灵活应用与合理应用，不要牵强和机械地应用。"说着，他从电脑旁边拿过一本书递给萧长风，"这是一本浅显的侦查逻辑教材，你上学那会儿还没有，送你了。"

"谢谢，谢谢！我回去一定认真学习。"萧长风双手恭敬地接过书，诚恳地说，"来之前我没有把案件推理与逻辑学联系起来，对逻辑学挺不屑的，认为只要案子办得多，经验丰富了，自然变成了老侦查员，哪里需要什么逻辑。经过这个案例的学习，我深刻认识到过去的自己实在太肤浅了，希望徐老师不要厌烦我，今后我可要经常来打扰您，您一定要收下我这个徒孙啊。"

"徒孙？"徐若剑愣了一下，随即哈哈大笑起来，"也对，刘飞是我的徒弟，你是刘飞的徒弟，算起辈分还真是我的徒孙。"

…………

英国哲学家穆勒（J. S. Mill，1806—1873 ）在《 逻辑体系 》一书中提出关于确定现象因果联系的 5 种归纳方法，即契合法、差异法、契合差异并用法、共变法和剩余法。契合法也称求同法，顾名思义，这种方法主要寻求共同点，即探寻疑似现象（因 ）与某一个被考察现象（果 ）之间共同存在的方法。求同法认为，如果有现象 A 出现，就必然有现象 a 出现，那么现象 A 就是导致现象 a 产生的原因。

此案中最终确定嫌疑人的方法就是求同法。据上述案例分析得知，从作案动机出发去锁定对象和从实施作案方法上去锁定对象，后者是推理的重点。在此，列举一下案件要素。

1. 获得毒药。所有人都有机会接触毒药，除了被害人，6

人都有嫌疑。

2. 下毒时间。通过前面的信息可知，被害人深夜到达大宅，表面上只有保姆和儿子知道，实际上可能6人都知道，除了被害人，6人都有嫌疑。

3. 进入作案现场的路径。钥匙和攀爬是一对对立的途径，通常有钥匙就可以便利地进入房间，一般不可能舍近求远地选择容易暴露又很危险的攀爬方式。被害人的房间只有男主人和保姆有钥匙，在钥匙没有被窃取的情况下，假设是两人之一作案，那么现场就不应该留下攀爬的痕迹，但是现场有攀爬的痕迹，说明作案者没有钥匙，那么其他4人有嫌疑。

4. 熟悉环境。对大宅里的房间布局，花园、楼梯等的方位和陈设，男主人、女主人、保姆、儿子和园丁都熟悉，这5人有嫌疑。

5. 作案能力。凶手显然是通过被害人窗外的大树爬进房间的，因此这里所指的作案能力是指身体敏捷、能够攀爬上树的能力，儿子、园丁、保姆和女客人具备这个能力，这4人有嫌疑。

6. 作案动机。儿子、保姆、女客人和园丁这4人或多或少都有作案动机。

在这6个要素中有两个共同的身影，即儿子与园丁。通过合理性分析，从两人的作案动机和作案能力看，园丁既具有实施犯罪的意愿，又具有实施犯罪的能力。园丁利用对大宅、房间布局情况熟悉的便利条件，自身的身体条件以及在这个家庭的身份等，天然地具有作案的条件。另一个同时具备这 6 个要素的人是儿子，他也可能实施犯罪，但要比园丁困难得多，特别是在作案动机方面，园丁的作案动机明显强于儿子。于是徐若剑锁定园丁为重大嫌疑对象，这无疑是合理的。如果没有儿子的真实身份这个因素，如果被害人死亡，显然儿子是最大受益人，儿子的嫌疑当然最大；但事实是，儿子并不是男主人的亲生儿子，园丁才是，因此，原有的人物关系格局被破坏了，嫌疑的天平必然发生倾斜，嫌疑的权重也必然将重新分配。被害人死去，最大受益人从儿子变成了园丁，这个因素完全改变了案件分析的走向。

使用求同法时应该注意的问题：一是先行现象中表面的"同"与"异"并不是绝对的，它们也许都不绝对的"同"，也不绝对的"异"；二是先行条件不一定能够罗列完整，可能会列举一些不太重要的条件，也可能遗漏一些重要的条件；三是先行现象要尽可能地完整。

以这个案件为例，指针对被害人中毒身亡这个事件列举了 6 个案件要素进行分析，以此锁定犯罪嫌疑人。这里只有一种情况是相同的，即在结合大宅里的人与案件要素的客观联系上，谁是众人中结合最紧密的，谁就会成为重大嫌疑对象，所以，根据求同法的阐释，园丁就成为大女儿死亡的重大嫌疑对象。由于本案中的 6 个案件要素并不能穷尽所有情况，只是在尽可能详尽地分析，以求最大限度地接近真相，因此，园丁成为大女儿死亡的重大嫌疑对象，而没有表述为唯一嫌疑对象。

　　穆勒五法是穆勒在培根归纳思想的基础上发展而来的，它不仅传承了归纳的特点，即对象的不完全性、结论的或然性，而且是对归纳方法的高度发展。为了提高结论的可靠性，穆勒五法克服了归纳方法需要尽量扩大被考察对象的数量和范围，从事物之间的内在联系入手，将宽泛的、众多的对象进行某种关联，让这种关联缩小对象的数量和范围，进而进行科学比对，得出较为科学的结论。在案件推理中，侦查员必须具备缩小嫌疑范围、减少嫌疑数量、找到嫌疑关联的侦查思维。

第贰 章

商业街上的抢劫案

今天是七夕，街上大多是成双成对的男女，不少卖花的人也当街摆起摊位，到处都显得喧嚣而拥挤。单身的萧长风见到此情此景心里忍不住涌上几分怅然，不觉加快了脚步。眼见快要到目的地"小目标超市"了，衣兜里却传出一阵手机铃声。萧长风忙掏出手机一看，竟然是徐若剑老师打来的电话。

徐若剑："小萧，你现在在哪儿，有空儿吗？"

萧长风："现在……啊，没什么事儿，我在老城区'小目标超市'附近。"

徐若剑："那儿离东丽商业街不远，你直接过来吧，我在这边等你，这里刚发生了一起案子，你来看看。"

"学习的机会来了！"萧长风立刻兴奋起来。他估摸了一下距离，从路边租了辆共享单车，但刚骑到东丽商业

街的东入口就没法骑了——平日这里就很热闹，今天恰逢
节日，东丽商业街里少男少女摩肩擦踵，别说骑车，走路
都挤挤挨挨的。

　　打了个电话问明地点，萧长风把共享单车往路边一
停，一头扎进了人流里。即使他年轻力壮，等挤到东丽商
业街中部的案发现场附近时，也已是满头大汗。

　　几名警察将周围看热闹的人群隔开，一个胖乎乎的中
年女人正气呼呼、比比画画地和其中一个警察说着什么，
旁边服装店的台阶上坐着一个头发凌乱、眼睛哭肿了的小

姑娘。

徐若剑在和一个似乎是领导的警察交谈，待到萧长风挤到身边，他便向那位警察介绍道："这是市局的萧长风，刚入职的年轻人，刘飞的徒弟。"随后，他对萧长风介绍道："这是东丽派出所的所长张夏。"

萧长风连忙打招呼："张所好。"

"哦，刘飞师兄的徒弟，"张夏一边与萧长风握手，一边道。

徐若剑对萧长风道，"这里刚刚发生了一起抢劫案，你去和两位当事人了解一下案发过程，一会儿等出去侦查的其他人回来后，你再收集一下线索，然后我们聊聊。"

萧长风"哦"了一声，左右看了一下现场，向坐在台阶上的小姑娘走去。

那个坐在台阶上的小姑娘是一家服装店的售货员。胖胖的中年妇女是一家商铺的房东，今天来收租金，收到租金后准备在街上逛一逛，于是走进了这家服装店。

东丽商业街虽然十分热闹、繁华，却是全市最老的商业街。并不像那些现代化的步行街一样窗明几净，这里的大部分店铺都十分老旧、空间狭小、配套设施也不完善。这些店铺兼顾零售和批发生意，卖的东西品种虽多，但大多十分廉价，店里一般只有一两个店员。

一番调查下来，萧长风了解到：目前整条街只有几家特别大的店铺在店里安装了室内监控设备，小店为了节约成本都没有安装；街道上倒是零零星星装了一些监控设备，但一是太分散，二是摄像头质量很差，还坏了不少；辖区派出所根据市里的统一部署，计划今年对整条商业街无死角安装视频监控，但还没有开始动工；这个服装店附近没有安装街面监控摄像头。

小姑娘今年 19 岁，由于家庭原因读了中专就出来打工了，这家店是她姨妈的，她在这里做了将近一年的售货员。据她说，今天下午太阳正烈的时候，受害人走进店里，选了一件上衣和两条裤子，并询问是否可以试穿。

小姑娘示意受害人在试衣间里换衣服。因为店里空间十分狭小，只勉强隔出 1 平方米左右的区域，用布帘遮挡着用作简陋试衣间。

受害人准备试衣服时却发现了一个很尴尬的问题——随身携带的亮橙色女式挎包偏大，且是硬质的牛皮包，加上她体型偏胖，带着包挤进试衣间非常勉强；而用于遮挡的是布帘，换衣服的动作幅度一旦过大就有"走光"的风险。

迫于无奈，受害人只能把女式挎包放在收银台边上，请小姑娘临时保管，随后进入试衣间开始试衣服。

就在受害人进入试衣间后大约两分钟，一个穿着黑色 T 恤、牛仔裤，留着短发的男子进了服装店。因为店铺很小，男子进来后就已经站在了收银台前。

当时，小姑娘正一只手摁在账本上，另一只手拿着笔记账，意识到有人进来就抬头去看，由于外面的光线强烈，在逆光下看不清楚来人的面孔。

"买衣服吗？"小姑娘下意识地问。男子没有回答，而是抓起收银台边上的包转身就跑了出去。

小姑娘顿时愣住了，直到那人蹿出服装店几步后她才反应过来，"抢劫了，有人抢劫了！"她一边大声喊一边往外追出去。

因为慢了一步，加上街道上全是人，眼见那人的身影逐渐淹没在人潮之中……她想追出去，但又不敢离开服装店，就只能在门口大声呼救，这呼救声吸引了许多人的注意，反而把服装店围得水泄不通。

受害人说，她当时刚刚把裤子脱掉，正准备试穿新裤子时就听见了小姑娘的喊叫声。她心里一惊，赶快穿上裤子跑出来，看到小姑娘站在店门口十分焦急地喊着："抢劫了，来人啊……"。

受害人看到收银台边上的包没了，心里顿时慌了，忙问小姑娘，果然是她的包被抢走了。因为她商铺的租户是个老大爷，不熟悉手机转账，今天交付给她的租金是 10 万元现金，就在被抢走的包里。

受害人追出去，却不知该往何处追——她没有看到那个男人，也不知道他往哪里逃了。无奈之下她只能回到服装店，要求小姑娘赔偿她的包和里面的现金。小姑娘则表示她已经尽力了，而且根本赔不起。随后两人发生了肢体冲突。

警察联系了小姑娘的姨妈，也就是这家服装店的店主，但她今天没在市内，暂时不可能赶到，即使赶过来也要好几个小时，而且就算赶到也无济于事。

萧长风往服装店里看了一眼，这是一间不到 10 平方米的小店，进门两步的地方就是一个小小的收银台，样式类似会议发言台，人站在后面倒是很合适。

收银台的台面周边有一圈约六七厘米高的边沿，平整的台面大小也只够放下一个普通笔记本。萧长风翻了翻收银台上的一个小本子，本子上记的是今天的账目，今天这家店做成了四五单生意，营业状况算是正常。

收银台后面有一个塑料凳，显然是售货员平日休息时坐的。店内其他地方全堆放着衣服，大捆大捆用于批发的服装整齐地堆叠着，绕着店铺内墙摆了满满一圈，把本就狭小的服装店挤得更加逼仄。

角落里的所谓试衣间，不过是两块塑料板加一块挂在铁丝上的布帘，塑料板用胶带和钉子固定在墙上，圈出一个很小的空间，一个中等身材的男人进去估计都转不开身。布帘的长度看上去大约有一米五六，萧长风感觉这个布帘的真实意义就是人进去后可以挡住脸部到膝盖以上部分。

正在这时，一名警察领着两个留着短发，穿着黑色T恤、牛仔裤的年轻男性走过来，他让小姑娘辨认了一下，然而小姑娘边哭边摇头说自己真的没有看清对方的样貌，随后引来了受害人的一阵谩骂。

萧长风走出去，听到那名警察在向张夏和徐若剑汇报："我询问了周围商铺的店主，他们确实听到了小姑娘的喊叫声，有一个店主还说看见有人在人群中一边挤一边跑，但他也想不起那人长什么样子，只记得是男性，似乎那人并没有什么特征。商业街周围四通八达，这家商铺可以通往人少一些的后街，也可以通往主要卖小吃的桥下，商业街有前后两个出口，所以，基本上没有什么有效的措施和手段确认嫌疑人。"

　　此时徐若剑看到了凑过来的萧长风，问道："怎么样，你对这个案子有什么看法和想法？"

分析

篇

萧长风皱着眉头想了想，最后还是摇了摇头说："对不起，徐老师，我现在完全是一头雾水……这里没有监控，见过嫌疑人正面的只有那个小姑娘，但正如她所说，当时嫌疑人走进店时是逆光，加上受到惊吓，她无法记住嫌疑人的外貌，这很正常。"

萧长风顿了顿又道："退一步说，就算她看清了嫌疑人的外貌又能怎样，我们也没法抓到嫌疑人呀。对方逃得太快了，这里人又太多，出口又不止一个，从接警到现在已经将近半小时了，根本不知道嫌疑人到底逃到哪儿去了。今天又是节日，我们总不能为了一个被抢走的包把整个商业街封闭起来，然后把商业街里的人挨个儿盘查吧。"

听到萧长风的话，张夏也叹了口气道："派出所的工作就是这样……小偷小摸的案子有时比大案要案还难破。

这种案子发生突然，现场很难控制，有的现场根本没有留下什么痕迹，我们也不可能为了这样一起案子去调动全市的警力……今天看来又要熬通宵了。那个受害人丢了这么大一笔钱；那个小姑娘肯定赔不起，唉……"

"我想想，我想想，"虽然嘴上说着一头雾水，但萧长风还是努力分析了两句，"嫌疑人一进来就径直抢走了这个包，会不会是他知道包里有很多钱呢？但这个假设缺乏进一步的佐证材料。就算真的是这样，我们也仍然无法解决目前最迫切需要解决的根本问题——嫌疑人去哪儿了？另外，如果这个假设成立，那么是不是嫌疑人与受害人认

识，且知道受害人今天要到商业街收租金，并一路跟随而来？"

"如果你的这个推论成立，那么，你告诉我，嫌疑人为什么能够确定受害人收到的必然是现金呢？"徐若剑问道，"手机转账不是更方便吗？"

萧长风和张夏闻言都不禁怔住了。

推理

篇

　　看着沮丧的两人，徐若剑微微一笑道："你现在知道侦查破案必须注意一切可能性，并能够提出假设，这一点很好。"他先肯定了萧长风的思路，接着道，"但你只强调了可能性而忽略了合理性。你提出了假设，但提出这个假设的依据是另一个假设而不是推理，更不一定是客观事实。你犯了一个在案件侦查中很常见也最容易犯的错误——以闻为据。"

　　"以闻为据的错误？"萧长风疑惑地问道，"但侦查活动的开展不就是应该以闻为据吗？也就是通过询问目击者和受害人寻找线索并建立侦查假设，您给我的书上就有这方面的论述。如果连目击者或受害人的证言都是错的，那么我们还询问证人和受害人干什么，也不用做调查工作了。"

"你这是机械地照搬书本。"徐若剑摇了摇头道,"在侦查中永远要记住,对于单方面的证言都是不能完全采信的,任何调查结论必须与现场的实际以及合理的推理相吻合。"顿了顿,徐若剑进一步解释道,"正如你刚才所说,在侦查实践中,因为各种主观原因和客观原因,即便排除证人故意撒谎的情况,也不代表证人或目击者的证言就绝对可靠,不能完全作为我们进行推理的依据——证人以及目击者可能因为惊讶、恐惧、紧张而出现认知差异,甚至仅仅是出于迫切想要帮忙破案而凭想象描述现场,这些都可能导致证人或目击者所说的所谓'事实'与客观真相大相径庭。"

"我给你们举个例子。"徐若剑接着道,"目击者 C 告诉警察'我亲眼看到 A 杀死了 B',他没有说谎,他说的完全是他看到的。事实上,B 在遇到 A 之前就已经被人捅了一刀,然后在跟跟跄跄逃走时撞到了 A,A 不明所以,推了 B 一下,B 应声而倒并且腹部还插着致其死亡的刀子,这个'A 推倒 B'的动作恰好被目击者 C 看到,于是目击者 C 理所当然地认为'A 杀死了 B,B 倒下且腹部插着刀子'。你能说 C 在说谎吗?他主观上没有撒谎,但显然他说的也并不是事实。"

"这……不过您说的这个例子是不是太极端了?这种情况毕竟过于特殊了。"萧长风觉得虽然有这种可能,但还是有些不赞同,觉得徐若剑用一个极其特殊的事例来否定自己的推论有点以偏概全,"我当然也知道某些证人的证言并不一定真实。不过就这个案子来说,小姑娘的陈述与刚才那位警察询问周边商户带回来的说法是可以相互印证的。我认为他们应该没有理由全都说谎，也不可能全都看错了吧。"

一旁的张夏也连连点头，说："是呀，难道这小姑娘和周边商铺的店主串通？这太匪夷所思了。"

"那就要区分你们所说的'证言一致'指的是什么了。就像我刚才举的例子'看到 A 杀了 B'和'看到 A 推了 B，B 倒下时已经中刀身亡'其实指的是两个事实。"徐若剑面对两人的疑问非常平静，"在这里可以表达为，要么 A 杀了 B，要么 A 只是推了 B，这是两个完全不同的信息。从目击者 C 的视角看过去，只有这两种可能，我们也只能在这两种可能里寻找真相，对吗？"

萧长风迷茫地看着徐若剑，似懂非懂地点头道："对，但是这又能说明什么问题呢？"

徐若剑说："我们有 4 个选项，一是 A 杀了 B，并把他推倒了；二是 A 杀了 B，但并没有推 B；三是 A 没有杀 B，只是推倒了 B；四是 A 既没有杀 B，也没有推 B。这 4 个选项你们怎么选？"

"等等……怎么出现选项了，目击者不是只说他看到 A 杀了 B 吗？"萧长风顿时觉得自己的脑袋开始发晕，"您刚才说实际是 A 推倒了 B，应该只有'杀'和'推倒'两个选项呀，怎么是 4 个，另外两个是怎么说的？"

"我想想，老师是不是想说明，目击者甚至连看到的都不准确？"张夏向萧长风重述了徐若剑说的 4 种情况，然后若有所悟地道："目击者 C 实际上只是'好像'看到

B 在 A 的面前倒下，由于 B 倒下后腹部插着刀子，于是 C 就想当然地认为 A 杀了 B。"

"我们不论 C 看到了什么，也不论事实是什么，"徐若剑道，"就 B 在 A 面前倒下死亡，且腹部插着刀子的客观情况，我们是不是面临这 4 种选项？"

萧长风和张夏一致点头。

"但在 C 来说，就只有两个选项，而且是两个互相对立的选项，肯定其中一个，必然要否定另一个。因为他'亲眼'看到事件的发生，事实上 A 也许真伸了手，于是 C 笃定 A 杀了 B，在二选一的情况下他首先说服了自己，确定了自己的选项。"

萧长风点头肯定道："是的，C 因为清楚地看到 A 伸了手，便认为 A 就是凶手。在 C 的思维里，只存在'A 杀了 B'和'A 只是推倒了 B'这两个选项，这的确是两个对立的选择——A 杀了 B，A 就是凶手；A 推倒了 B，A 就不是凶手。C 显然选择了前者。"

徐若剑说："正确！在逻辑学中有一种判断叫作选言判断，选言判断分为相容选言判断和不相容选言判断。这两个选项相互对立，不可能同时存在，因此就构成了不相容选言判断。在这里，我们用这个逻辑知识点来试着推导一下这个抢劫案。"

萧长风有些兴奋地说道："好啊，又可以学一招。"

徐若剑笑了笑道："刚才我说不要犯'以闻为据'的错误，就是说不能只听当事人或证人的一面之词，特别是在没有监控等客观条件可以佐证的情况下，更不能被当事人或证人的陈述左右我们的思维，因为他们的陈述里会掺杂主观因素，这时侦查员更要注意思维的逻辑性，从案件现场实际情况出发，客观、合理、科学地研判自己接收到的各种相关信息。"

看着萧长风和张夏炽热的目光，徐若剑道："我们从逻辑学不相容选言判断特点的角度来思考，大胆假设构建两个完全对立甚至相互矛盾的现场可能情况，一是的确发生了抢劫案，二是根本没有发生抢劫案。"

"没……没有发生抢劫？"萧长风大吃一惊道，"这不可能吧。你看那小姑娘都哭成那样了，而且包里的 10 万元现金真的不见了，怎么可能没有发生抢劫？"

张夏也眉头紧锁，喃喃自语道："不可能……应该不可能……"

徐若剑说："我说的是假设。侦查工作不就是从假设开始的吗？我们根据已掌握的信息，针对案件提出一个假设，然后去验证，最后证实或证伪，这个过程也是侦查过程。我们现在'寻找作案人'这条路不是走不通了嘛，既然走不通，只能先放弃，万一这条路从开始就是错的呢。基于这点考虑，我想到一个相反的问题——作案人到底存不存在？"

萧长风长长地吸了一口气道："我以为'拎包'这样的小案子是很简单的，调取监控记录、做询问笔录，在'拎包'惯犯档案堆里找出几个嫌疑人辨认，齐活！哪里知道结果那么复杂，里面这么多道道儿啊！"

"小案，简单？我的老师以前说过一句话'没有小案子，只有小警察'。希望你们都记住。"徐若剑意味深长地说道，"我特别不喜欢对案子分等级，将案子分为小案、大案、重案等。我认为，只要关乎人民生命财产安全，任何一起案件都是重要的、重大的，作为警察，我们要对从事的这个职业和人民生命财产安全充满敬畏之心。对我们来说，每一起案件同等重要，都必须殚精竭虑。"

"这就是老师经常告诫我们的，学生须臾不敢忘记。"张夏长期从事基层刑侦工作，对此深有感触。一想到这是自己辖区刚发的案子，紧迫感油然而生，他皱眉道："但这只是告诉了我们'为什么我们找不到嫌疑人'，并帮助我们考虑到'有些自称看见嫌疑人的陈述可能是假的'……但并不能帮助我们破案啊。"

"的确不能直接帮助我们破案。"徐若剑不紧不慢地道，"但这个推论告诉了我们一个事实——那些证人的证言仅仅具有或然性而未必具有正确性。我们的推理要的不是或然性，而是必然性，获得的结论只能是必然真或必然假，所以我们要进行符合客观实际的推理，还是必须从能获得可靠信息的地方开始，也就是案发现场和当事人。"

"案发现场……我刚刚去看过，没有留下什么痕迹。店铺本身很小，收银台离店门口不远，就算嫌疑人临时起意，抢了包就跑也没什么难度。周围鱼龙混杂，更是没有什么可供勘查的线索留下来……"萧长风仔细回忆自己看到的东西，然后说道："不管是指纹、脚印还是痕迹……因为是商业街，现场太杂乱，基本没有留下有价值的案件信息。"

张夏在旁边也连连点头称是。

"真的没有吗？你提到了'基本'两个字，而没有说'根本'，说明还是有可供利用的信息。"徐若剑指了指案发现场的服装店道，"我来问你们，你们能否确定，这到底是一起激情作案还是预谋作案？"

思考了一下，张夏肯定道："我觉得是激情作案。如果是预谋犯罪，那么嫌疑人就应该充分考虑作案的时间、地点、方式和环境。从客观实际看，受害人进入服装店明显是偶然行为，说明这不是嫌疑人预谋好的时间和地点，商业街人流量非常大，作案后要快速逃离很困难，嫌疑人没有被抓住，在很大程度上依赖于那个小姑娘没及时反应过来且他的着装正好有混淆效果。这些都能够直接证明嫌疑人并非预谋作案。但嫌疑人仍然实施了犯罪，说明是他突然的冲动导致的犯罪。"

"我有点异议，"萧长风摇头道，"也可能嫌疑人因为某种目前我们还不知道的原因，了解到受害人要到商业街收租金甚至知道这笔钱金额不小，由此产生了犯罪心理，于是尾随而来，伺机作案。受害人把装有租金的挎包放在收银台边上，然后进入试衣间试衣服，这就给嫌疑人提供了实施犯罪的可乘之机，从而导致案件的发生。"

"你说的虽然有一定的道理，但有两个关键的问题解释不通。"张夏反驳道，"第一，嫌疑人怎么知道租赁人用现金付租？第二，一般而言，拿到 10 万元'巨款'后，会立即回家或者到银行存钱，嫌疑人怎么肯定会有作案机会？另外，假如嫌疑人知道租金是以现金方式支付的，那么嫌疑人就必然与受害人或租赁人关系紧密，如果是这样，这个案子倒是好办了。"

"嗯，有道理。"萧长风想了想道，"关键是你说的第二种情况不好解释。如果我是受害人，不可能带着那么多钱到处逛，肯定第一时间存入银行或带回家，而且这条商业街上有好几家银行的营业网点，案发现场旁边就有农业银行的营业网点。如果受害人不是临时起意进入这家服装店买衣服，那么嫌疑人跟踪半天岂不是白费功夫。我放弃原来的推论，这个案件应该是激情作案。"

"好，我们先排除预谋作案，重点考虑激情作案。所谓激情作案，是指嫌疑人因为外部刺激产生作案的冲动并实施犯罪行为。这样的作案具有突发性、不可预知性等特点，作案动机产生迅速，对作案环境没有特殊要求，作案手段和方式简单粗暴。也就是说，嫌疑人原本没有作案的打算，只是某种突发情况导致他临时起意实施作案行为；当然也可能有另一种情况，即嫌疑人本就是实施此类犯罪的惯犯，商业街则是其长期实施类似犯罪的场所，而受害人恰好成为他实施犯罪的对象。"徐若剑道，"比如，一个抢劫犯，他本就打算抢劫，只是正好抢了张三。对张三来说，这个侵犯过程是突发的，在我们眼里似乎是一起激情犯罪，这是第一种情况，不过这可不是激情犯罪；第二种情况是，嫌疑人本不是抢劫犯，甚至可能是一直都没有不良记录的普通人，突然间看到某人携带大量现金，受到刺激而产生抢劫的冲动，而后实施了抢劫，这才是真正的激情犯罪。你们认为本案属于哪一种情况？"

"第一种。"萧长风和张夏两人异口同声地道。

萧长风急切地说："我觉得嫌疑人本就是个'拎包贼'，正好看见了受害人的包离开了受害人可以掌控的范围，于是趁机将包拎走，这个可能性是最大的；否则我很难想象一个正常的、没打算犯罪的人突然看见一个皮包就闯进店铺里把包抢走，这完全不合常理。"

张夏也同意萧长风的观点："现在大家都用手机转账支付了，包里有现金的情况非常少，除非是专业的'拎包贼'，知道手机等物品的销赃渠道，否则大部分人的包里都没什么能变现的东西。"

徐若剑点头道："好，这个假设从逻辑上说具有合理性，是成立的。我们假定嫌疑人是个'拎包贼'，那么，一个'拎包贼'会有哪些特征？"

对于当了好几年派出所所长的张夏来说，这个问题非常简单，他说道："'拎包贼'的特征非常明显，他们不像普通人那样目的明确、行色匆匆，而是漫无目的地在人多的地方闲逛；他们长期混迹在商场、超市、步行街、商业街等处；他们外表平常，但是眼神和普通人不一样，他们不看商铺商品，只盯着行人和他们的包，等到对方试衣服或试鞋没有注意到自己的包时，就趁机过去把包拎走，动作简单、直接、准确、迅速，而且隐蔽。"

徐若剑对张夏的经验表示赞同，紧接着问道："'拎包贼'一般都是趁着受害人不注意时把包拎走，但这起案件显然已经不是隐蔽地拎包，而是明目张胆地抢包，因为包就在小姑娘的手边；可是，'拎包贼'为什么要在小姑娘面前强行抢包呢？这是不是不太符合'拎包贼'的作案习惯？"

"当然是因为受害人去换衣服了。可是，"萧长风一脸不解地说道，"受害人是试衣人，可小姑娘不是试衣人，她就在包的旁边啊！"

徐若剑指了指服装店外面道："张夏，你从这里往外看，然后站在服装店外面往里看，看看有什么不一样。"

张夏不明所以地认真左右张望了一眼店里和店外的情况，然后又走到店外仔细看了看店里面。萧长风也忙跟了出去，想从外向里看服装店的情形。他说道："我们现在看到的，应该就是'拎包贼'站在服装店外向里看到的样子。也就是说，他能够看到的，就是我们现在观察到的。"

张夏点了点头随后走进服装店道："试衣间在服装店右边的角落里，在沿两面墙所堆放的衣服垛子之间，不了解店内格局的话真不容易注意到，加上外面的光线比店里的光线明亮很多，因此站在店外很难看到试衣间的情况……"张夏恍然大悟道："我有些明白了，如果嫌疑人没有亲眼看到受害人进入试衣间，就根本不知道试衣间里有没有人。按照我们了解的情况，当时受害人正在试衣间试穿衣服。商业街人流涌动，嫌疑人即使蓄意作案，也不可能在店外长时间驻足等待；如果仅仅是从这里闲逛经过，他必然不了解里面的情况。如此，假设嫌疑人是一个'拎包贼'，他站在店外看到的情况就应该是'小姑娘在低头写什么东西，手边放着一个包'。店里没有其他人，只有一个售货的小姑娘，小姑娘的手边放着一个包，他会认为包是小姑娘的。虽然小姑娘在低头写什么东西，但包就放在她的手边，这是不好下手的。如果下手，就完全是抢劫了。这种情况明显不是一个'拎包贼'会选择的作案机会。"

徐若剑一边在店里慢悠悠地观察一边道："张夏，你也当了几年派出所所长了，'拎包贼'也抓过不少。你不觉得小姑娘描述的抢劫犯如果是一个普通人很正常，但如果用来描述一个拎包贼会不会显得这个拎包贼很不'专业'。"

"'专业'？'不专业'？"张夏挠了挠头，随后眼眸一亮道，"对，确实如此。现在正是夏天下午最热的时候，商铺的店员也好，来买东西的客人也好，穿T恤、牛仔裤都很正常。如果是'拎包贼'反而不会这么打扮。"

见萧长风有些疑惑地看过来，张夏解释道："因为'拎包贼'注重的不是舒服，而是便于隐藏'拎'来的包，他们一般都会穿上具有遮挡效果的衣服或者提一个纸袋，把'拎'到的包藏在里面快速离开。但是T恤、牛仔裤这种打扮太过简单利索了，得手后无法藏包……对啊，这说不通啊。"

"对呀。这人穿的是T恤、牛仔裤……他抢到包后，把包藏哪儿呢？那个小姑娘连嫌疑人的发型都注意到了，如果对方手上有纸袋之类的东西也肯定会注意到，但她没有这方面的陈述。"此刻，萧长风终于明白过来道，"按受害人的说法，她丢的是一个挺大的硬质牛皮女士拎包，而且是非常亮眼的橙色。这个嫌疑人不管是临时起意还是预谋作案，他毕竟是个男人，一个穿着黑色 T 恤、牛仔裤的男人，拿着一个挺大的亮橙色女士挎包独自在人群中快速奔走或者跑⋯⋯不可能没人注意到啊。如果说嫌疑人迅速把包里的钱拿出来，把包扔了，七八个警察查了这么久，并没有发现附近有被丢弃的包，也没听谁说有男人拿着一个夺目的亮橙色的女式皮包。"

"而且按照受害人的说法，她的包里有 10 万元的现金，那个嫌疑人身着 T 恤、牛仔裤，如果他扔了包拿什么来装这 10 万元的现金？装在牛仔裤口袋里，装不下；拿在手上，那更是谁都会注意到。为什么没人看见呢？"张夏对此也深感奇怪。

"起初我也是顺着'抢劫'这个方向思考的，但是在寻找线索的过程中，我发现了一些不对劲的地方。作为侦查员，在侦查过程中有这样的感觉时，就更应该停下来，认真地想一想为什么不对劲，哪里不对劲，必须找出'不对劲'的原因。"徐若剑笑道，"一是商业街里那么多提包试衣服的女性，为什么'被抢'这种倒霉事偏偏落到了这位受害人的身上？二是谁能够准确地知道她的包里有大笔现金？三是嫌疑人不偏不倚刚好在受害人试衣脱掉裤子的时候抢走包，这个时机卡得也太准了吧？既让受害人看不见他，又不能迅速地跑出来追他。四是被抢的包是个亮橙色的女式挎包，特征这么明显，如果按照那个小姑娘的描述，嫌疑人什么工具都没有带，他抢了包之后，怎么在极短的时间里隐藏或者转移包呢？五是找到两个长期活动在商业街及附近区域的、外形符合小姑娘描述的'拎包贼'

来供其辨认却都被排除了。最后，正如你们刚才所说，一个拿着亮橙色女式挎包的男人，这么明显的特征，周边商户和路人怎么可能都没有看见呢？"

"是呀，为什么呢？"萧长风和张夏都觉得不可思议。

"很有意思的抢劫案，"徐若剑若有所思地问道，"你们不觉得这个抢劫过程很'顺利'吗？"

张夏说："您这么一说，我也觉得这个案子很梦幻，10万元现金和抢包人突然间就人间蒸发了。"

"我们可都是唯物主义者。钱和人肯定都存在，我想是不是以'另一种方式'存在呢？"徐若剑笑着道，"这就是我提出两个相互矛盾的论断（的确发生了抢劫案和根本没有发生抢劫案）的原因。按照不相容的选言判断要求，两种可能只有一种为真。我们通过对受害人和售货员的询问得出结论是抢劫案，但是在案件的推理中出现了一些问题。现在我们大胆假设根本没有发生抢劫案，之前说过现场是关键，看看我们在现场能不能找到依据。"

"另一种存在方式……没有发生抢劫案……"萧长风皱眉思索起来，过了片刻他恍然大悟道，"我是不是可以顺着您说的另一种假设进行案件推理呢？这些陈述并不是一样的，我们问售货员'抢劫犯长什么样子'，她告诉我们'留着短发，穿着黑色T恤、牛仔裤的男性'，所以我们把'留着短发，穿着黑色T恤、牛仔裤的男性'作为寻找的对象……于是在我们的潜意识里就有了'抢劫犯＝留着短发＋穿着黑色T恤、牛仔裤＋男性'，所以我们理所当然地自问'抢劫犯去哪儿了'。实际上，因为留着短发，穿着黑色 T 恤、牛仔裤的男性是非常常见的特征，事发时会有很多人看到相同或类似的男性经过商业街，所以会有周围商户将看到的普通路人误以为是嫌疑人，这些陈述都会误导我们，导致我们一直在追究'嫌疑人到底去哪儿了'，然而这其实是一种并不存在的情况。"

"小宋，准备摄像。"徐若剑对着外面大喊了一声，待拿着摄像机的警察小宋进来后，他一边蹲下开始翻收银台前的衣服垛子一边说道，"与其绞尽脑汁去思考'嫌疑人怎样在人流密集、众目睽睽之下拿着完全无法隐藏且非常显眼的东西隐身'，还不如想想到底有没有这个所谓的'拎包贼'。"

萧长风道："没有'拎包贼'？您是说那个小姑娘在撒谎？但她为什么要……"后面的话已经没法说下去了，因为他看见徐若剑从一堆衣服里拎出来了一样东西——很大的、亮橙色硬质牛皮女士拎包。

"啊！那个小姑娘监守自盗。"张夏愤怒地说道。随后，他接过徐若剑递过来的皮包，打开检查了一下，发现里面有大量的现金。

张夏带着皮包走了出去，随即店外传来受害人发出的激动的欢呼声，警察们则在周围人群的交头接耳以及受害人的不断道谢声里带走了那个小姑娘。

在回派出所的车上，徐若剑对萧长风和张夏分析道："整个案子的推理实际上并不复杂，只要我们不犯'以闻为据'的错误，将各个当事人的陈述与现场告诉我们的信息相互印证，就能发现它们之间并不完全契合，于是我们需要找出它们不契合的点和原因。当然，这时侦查工作的常识就凸显出来了。最后进行符合逻辑和客观事实的推理，获得的结论必然是合理的。"

"我给你们详细说说推论，"徐若剑不疾不徐地道，"第一，引起我注意的是嫌疑人的作案方式。受害人来到这家服装店是临时决定的，那么抢劫事件的发生应该也是偶然的，当然，也不能完全排除嫌疑人尾随而至。不过，假如嫌疑人尾随受害人而来，作案时机和地点的选择就有些仓促了，不是一个'拎包贼'的选择，因此，我暂时排除了预谋作案。根据小姑娘的描述，嫌疑人的特征又不符合'拎包贼'的装扮，所以又排除了'拎包贼'的可能。那么，如果确实发生了抢劫案，就只剩一个可能——嫌疑人的一时冲动。

"第二，如果是嫌疑人激情作案，那么他是如何瞒过所有人的眼睛顺利逃脱的呢？通过调查，没有人发现有男人拿着一个亮橙色女式挎包，难道嫌疑人真的凭空消失了吗？

"第三，如果是一个普通人的一时冲动，他的这个行为可以说是非常大胆且嚣张的——基本上就是一起光天化日之下在密集人群中的当众抢劫，一般人有这个胆量吗？即使财迷心窍，他逃跑时也一定慌不择路，不可能没有人发现；客观事实是，只有一个人说好像看见有人跑了。

"所以，整个抢劫过程如小姑娘所描述的那样作案的可能性很小，于是我只能认为小姑娘的陈述是错误的，至少是不准确的。如果这样思考，便出现了两种可能：一种是抢劫行为和嫌疑人外形与小姑娘所描述的不符，如嫌疑人是女性或者嫌疑人披着长衣之类；另一种则是抢劫事件根本不存在。"

"如果小姑娘对抢劫过程和嫌疑人外形的描述不准确，那么描述'黑色 T 恤、牛仔裤、短发'等特征时语气就不会那么笃定，除非小姑娘与嫌疑人共同犯罪，不过这不太可能，他们怎么知道会有一个带着大量现金的顾客来这个服装店？假如否定了这种可能，就只剩下第二种情况了，那就是监守自盗。"

说到这里，徐若剑长舒一口气说道："我姑且还原一下作案过程——受害人进店，准备试衣服时发现所拎的皮包过大不适合带进试衣间，便委托小姑娘帮忙照看；受害人进入试衣间后，小姑娘迅速拉开皮包拉链并看到了里面的现金；以小姑娘的职业经验，当然能够估计到受害人最尴尬的时间段（布帘只有一米五六长，她通过观察受害人的小腿部分，结合自己的经验确定受害人正光着腿），于是快速将皮包塞进堆放在收银台附近的衣服垛子里，并冲到店门口大声呼喊。待受害人跑出来时，便只能看到慌张的小姑娘和外面围观的人。"

"可是，这里存在两个问题。"萧长风不解道，"第一，难道她不怕警察从衣服堆里找出包来？第二，包丢了，她不是要承担赔偿责任吗？"

"好，那么我问你。"徐若剑笑道，"第一，你为什么没有在衣服堆里翻找？"

萧长风一愣："唉，谁会想到她把包藏在衣服堆里呀。"

"既然你没有想到，其他警察也可能想不到。"徐若剑道，"第二，包和钱都丢了，客观上来说小姑娘是有连带责任，不过指望她来全部赔偿显然是不现实的，她只是一个售货员，根本不可能有 10 万元，最后也只能由她的姨妈和受害人协商解决，最多扣她几个月的工资，无论如何她都会获利。"

萧长风重重地叹了口气说："唉，人为财死，鸟为食亡啊！"

逻辑解析

选言判断是断定事物对象有几种可能情况存在的复合判断，选言推理是以选言判断为大前提，通过明确该判断若干可能情况中某些（个）情况存在或不存在，从而得出结论的思维方式。由于断定的都是可能存在或不存在的情况，所以在案件推理中经常会使用到这种思维方式。

分析本案，其实还是有不少可为我们提供推论的信息。

1. （按照小姑娘的陈述）嫌疑人的作案方式已不是"拎包"，而是抢包，这不是"拎包贼"的作案方式。

2. 嫌疑人怎么知道受害人包里有现金。

3. 抢劫行为为什么刚好发生在受害人试衣脱裤子的时候，让受害人无法迅速追出来。

4. 按照小姑娘的描述，嫌疑人浑身上下干净利落，什么工具都没有带，在那么短的时间内是如何隐藏或转移挎包的呢。

5. 嫌疑人是个拿着特征明显的亮橙色女包仓皇逃窜的男人，为什么附近的商户和路人都没有看见。

只要认真分析本案，还是可以发现其中有太多人为的痕迹：首先，嫌疑人会选择刚刚收到租金还未存进银行、继续逛街买衣服、正好在试穿裤子时的受害人实施抢劫实在过于巧合。其次，嫌疑人仿佛事先知道受害人的所有信息，有针对性地作案，并且案发后能够瞬间逃得无影无踪，这是只有专业人士才能实施的犯罪。上述罗列的 5 个信息，有的与曾经的类似犯罪的特征相互矛盾，有的与现场应该出现的客观情况相互矛盾。基于此，徐若剑大胆构建的选言判断——要么的确发生了抢劫案，要么根本没有发生抢劫案——是合理的，当否定了"的确发生了抢劫案"这个可能情况，就必然得出"根本没有发生抢劫案"这个可能情况为真。

客观地说，从受害人收到租金到逛街逗留过的地方再到案发现场，一路与她发生联系的地点和人，均有重要嫌疑。如果进行大海捞针式侦查，需要耗费大量的人力、物力，要穷尽大前提所有可能情况极难办到。在实际办案中，案件的情况往往是错综复杂的，各种各样的可能性交织在一起，不容易甚至不可能做到穷尽一切可能情况，所以，侦查员只能做到相对穷尽，即集中精力去穷尽那些比较重要的、比较突出的、可能性相对较大一些的可能情况，对这些重要的信息进行甄别和研判，从而找到真实情况。本案在做出临时起意这个假设的侦查方向的调整后，受害人一路的行踪就成了筛选可能性的来源，究竟是哪一个地点、哪一个人成为重点的可能情况？这要求一定要与受害人有实质性接触的地点和人，才能是入选的标准。

侦查员果断认为，案发服装店和店里的售货员是重要的可能情况。选择的原因不仅是受害人在这里逗留的时间最长，而且这里也是受害人个人信息暴露最多的地方。售货员的确在最初并不知道受害人收租金并且收的是现金这个重要信息，但是具备知道这个重要信息的便利条件。一旦她知道了这个重要信息，又具备实施作案的条件时，她成为案件实施者的可能性陡增。侦查员有理由将其假设为一个嫌疑人，并进行进一步证实。而后选言推理这个思路，对侦查方向的判定起着至关重要的作用，侦查员运用选言推理的逻辑思维方法，最终将嫌疑人锁定为这家店的售货员。

第叁　章

「包夜」的人

徐若剑从复印机的纸盘上拿起几张文稿，见萧长风进来，挥手示意他在沙发上坐下。

萧长风坐下后利索地从背包里拿出笔和本子，徐若剑也将手里的文稿用订书机订好，递给了萧长风。

萧长风接过来一看，第一眼看到的是一张貌似地图的图片。

"这是什么？平面图？"他有些疑惑地抬头看向徐若剑。

徐若剑坐回办公桌前，一边操作电脑一边道："这是案例，和上次一样，你先看一下，然后告诉我你的想法。"

萧长风一边看着文稿，一边开始记录，很快便在笔记本上整理出了案件要点。

1. 4月23日早上8:02当地警局接到报案，8:11警察赶到现场，报案人是负责清理案发地点周边的环卫工人，女性，46岁。

2. 被害人是一名女初中生，死因是头部多次遭受重击；尸体有被侵犯的痕迹；凶器是被遗弃在被害人尸体附近的半块红砖；从现场痕迹看，可以确定被害人尸体所在地点为第一现场。

3. 被害人的死亡地点是路边的一处绿化带深处，位于大路和一条小岔道的交叉口，因为绿化带面积较大，纵深较深，从大路上不容易看到案发地点的情况，直到报案的环卫工人前来打扫时才发现尸体。环卫工人很确定地表示，早上5:00左右她第一次来附近打扫时没有任何异常，早上8:00第二次来打扫时才发现了尸体。

4. 因为城市美化工程，附近道路刚刚结束拓宽施工和绿化美化，案发地点附近还没有来得及安装天眼监控，唯一的一个摄像头是附近小区路口处的红绿灯交通监控，但此监控设备安装时间较久，既不是高清摄像头，也没有拍摄到案发现场的位置。

5. 案发现场附近的岔道口有一堆红砖。据环卫工所说，这堆红砖在这里堆放将近半年了，初步推测凶器很有可能取自这堆红砖。

6. 沿大路向前是一所中学，被害人系此校学生，学校大门离案发现场只有600米远。根据被害人家属反馈，被害人当天上学前以及前几天没有任何异常反应，被害人本人社会关系简单。

7. 校内调查反馈，被害人平日成绩不错，性格偏内向但不孤僻，社交正常，没有遭遇校园霸凌或其他可疑情况。

很快翻完了所有案卷，萧长风皱眉道："所有资料就这些了吗？案卷里提到了监控，监控内容没有帮助吗？"

徐若剑此时已经打开了电脑上的一个视频资料，将视频停留在开始位置，他转头看向萧长风道："提到调取监控，你确定案发时间了吗？如果你来考虑，你准备调取哪一段时间的监控？"

萧长风快速翻看了一下笔记道："案发现场是第一现场，清洁工 5:00 到达时都没有发现异常情况，8:00 看到尸体即刻报警，被害人遭到了性侵，和清洁工有关系的可能性很小，因此我会优先调取 5:00—8:00 的监控。"

徐若剑点了点头，让开了电脑前的位置，指了指电脑屏幕对萧长风道："这就是监控资料，用的是加速模式，视频一共 3 小时，你可以仔细看。"

萧长风坐在电脑前开始观看视频，因为是交通摄像头，其拍摄的主要画面都是路口的车辆，只有画面边缘不到 1/3 的部分"刮"到了边上的人行道。

萧长风认真观察着视频，思考了片刻，他记录下了几条线索。

1. 6:14 一名乞丐张望着走过摄像头，衣着邋遢，拖着一个装垃圾的袋子。

2. 7:04 一个个子高大穿着长袖工装服的男子空手从摄像头下匆匆而过。

3. 7:16 一个穿着短袖 T 恤、牛仔裤的男性走过来，靠在摄像头下的电线杆上抽了几口烟，随后离开了镜头。

4. 7:18 被害人背着书包经过，独自一人，步速和动作都十分正常，看上去只是去上学。

5. 7:23 一个穿着校服的高大男生背着书包从镜头下跑过。

6. 7:44 一个穿着保安制服的男子一边抽烟一边走过。

7. 7:54 报案人一边打扫着街道一边缓慢地经过摄像头。

终于看完了所有视频，萧长风忍不住挠了挠头道："这些线索有点杂乱。"

徐若剑严肃地道："侦查不是推理小说，在真实的案件中，很多时候我们并不是在三四个嫌疑人中找出真凶，而是在浩如烟海的人群中寻找嫌疑人，这个案件就很典型——现场留下的线索不多，没有任何直接的嫌疑人身份的指向。而你要做的就是当初破获这个案件的侦查员做的事情——嗯，可以试着从监控中确定嫌疑人，并确定接下来我们要去哪里寻找嫌疑人。"

分析

篇

萧长风思忖着道："凶手的手段残忍，用的凶器却是在附近捡拾的砖块，说明凶手预谋犯罪的可能性很小，因此凶手不太可能是跟踪被害人来到现场的，而是在案发地点附近偶遇被害人的。"

徐若剑点了点头，说道："哦，还有呢？"

萧长风道："优先考虑凶手出现在了视频中。现场没有足够能指向凶手身份或特征的线索，如果凶手从到达现场到作案再到离开完全没有出现在视频中，则根本无法推断凶手。"

徐若剑肯定道："这个推理是合理的，那么，你如何选择出现在视频中的哪些人是'可疑人员'呢？我注意到你只记录了几个人，但在视频中，这个时间段应该出现了很多人，因为摄像头拍摄的这段时间正好是夜班下班时间和早上上班时间，而案发地点处于城乡接合部，去城里或城外上下班的人可不少。"

萧长风胸有成竹地说："我先推测嫌疑人是什么时候以什么状态出现在摄像头下的。我认为，如果嫌疑人出现在监控视频中，那么应当是在他作案之前出现的——摄像头拍摄的位置是一条大路，旁边就是小区，凶手用砖块击打被害人致死，身上很可能沾有血迹，在这种情况下还大摇大摆地从大路离开的可能性很小，因此我优先考虑前往案发地点方向的人，而不考虑从案发地点方向离开的人。"

徐若剑问："很好，还有呢？"

萧长风道："还有，从案发现场的线索看，作为凶器的砖块只有一块而且遗留在了案发现场，现场也没有任何线索证明有两个以上的嫌疑人，凶手是独自作案的可能性很大，因此我排除了所有多人同行的人；因为被害人有受到侵害的情况，我又排除了经过摄像头的所有女性。"

说罢，萧长风看着笔记本上的记录道："剩下的就是这几个人了……嗯……凶手不太可能是学生，因为那是个中学生。如果有学生在发生凶案的当天没有去上课肯定立刻会被查出来。案发现场有喷溅的血迹，凶手身上也应该有血迹，如果凶手是学生，意味着对方还要穿着带血的衣服去上课。如果是这种情况，案卷里不可能没有提到，所以排除了学生作案的可能。"

他把穿校服的可疑人员划掉，随后继续犹豫道："凶手是激情杀人，不可能提前埋伏，乞丐和工人经过的时间都太早了，没有嫌疑；同样，被害人经过后5分钟才过去的保安不可能遇到正常向学校方向去的被害人，所以时间上也没有嫌疑……"

最后，他得出结论："所以，嫌疑人的人选应该就是这个人了。"他指着 7:16 从摄像头下经过的那个男性道，"这个人在被害人之前经过摄像头，现场的那条大路十分宽阔平坦，没有遮挡物，他在路灯的位置回头完全有可能看到被害人，这一点和非预谋杀人的可能是吻合的。"

徐若剑点了点头，说："很好，你已经有一些进步了，然后呢？"

萧长风闻言就愣住了，问道："然后……然后还有什么？没有了啊，这是摄像头，我们已经看到了嫌疑人的脸，确定了他是嫌疑人，然后我们去找他就行了啊。"

徐若剑摇了摇头说："确实是'去找他就行了'，但去哪儿找？这个人是谁？你看着这张脸能给我一个地址或名字吗？"

萧长风挠了挠头说："那怎么办？这个人看起来很普通，穿着普通的 T 恤、牛仔裤，唯一一个出现在画面里的动作就是他抽了一支没抽完的烟，但这没有意义啊，且不说警察来到现场能否找到那半支烟，就算找到了，也只能验 DNA，但验出来 DNA 也是需要有比对对象的……不知道这人是谁，拿出 DNA 检验结果也没有比对对象啊！"

徐若剑道："所以，从视频里确定'谁是嫌疑较大的对象'只是第一步，推断出'去哪里最可能找到确定的嫌疑对象'是第二步，而这两步缺了哪一步，整个推理都没有价值。"

萧长风苦了整张脸："我还以为这次我做得不错呢……去哪里找这个嫌疑人……"他又反复观看这段视频，但并没有看出任何更多的线索——因为摄像头并非高清的，只能看出这是一个正常体型的成年男性，穿着普通的深色短袖 T 恤和牛仔裤，脸部模模糊糊但看得出没有什么明显的疤痕或胎记。

又过了一会儿，萧长风放弃地倒在沙发上，说道："不行，我想不出来……老师，您教教我吧？我怎么看这就是一个普通人。"

顿了顿，萧长风苦着脸继续道："而且说实话，我前

面使用的只是一个排除法，基于的前提是'凶手一定出现在了监控视频里'和'其他人看起来嫌疑都比较小'，因此我认为这个男人'有较大可能是凶手'……但刚才我仔细看了一会儿，感觉他的动作都很平常，我现在甚至怀疑这个人到底是不是真的'嫌疑人'了。毕竟，现场是开放式的，有多个出入口，摄像头只拍摄到大路的一边，所以'凶手一定出现在了监控视频里'本身就不是一个在侦查推理中必然为真的前提——我运用这个前提完全基于今天是一场案例教学而不是实际的侦查。"

徐若剑微笑着给自己倒了一杯水，抿了一口后道："你能意识到这一点很好，正确的推理必须基于某个必然为真的前提，你基于'这是一场案例教学'来获得'现有线索必然足以找到嫌疑人'这个推理是成立的，但就像你说的，这条捷径在真正的侦查中是不成立而且走不通的。"

顿了顿，徐若剑继续道："在侦探小说里，侦探喜欢说一条痕检上的真理，那就是凶手一定会从现场带走什么，又带来什么，而这些错位的线索就指向了凶手。在实际侦查中，我们也要寻找这些线索，但和侦探小说中不同的是，在实际侦查中，我们也许可以确定某些线索是凶手'带来'或'带走'的，但这些线索能够非常特殊、能够直接指向凶手身份的可能性却并不大。"

接着，徐若剑举了一个例子："例如，在侦探小说里，凶案现场可能会留下'一枚袖口扣''一颗胸针上的宝石'或者'只在××年×地出售的纪念品'——这些线索可以非常直接地指向某个或某一类人。但在本案中，凶手'带来'的是半块红砖，但红砖的表面非常粗糙基本无法留下有效指纹，红砖可能是在案发现场附近的砖堆上拾取的，因此凶手虽然确实带来了线索，但并不能用这个线索直接锁定'某人'或'某类人'。"

徐若剑手指轻轻敲了敲桌面接着道："当然，这并不是说这些线索毫无意义，正如你前面做出的推理——由'半块红砖'可以得出'凶手没有提前准备杀人凶器'进而得出'凶手激情犯罪的可能性较大'这样的推理。相比于小说，在现实侦查中，我们的侦查员更需要具备'从平凡中看出不平凡'的能力。"

萧长风疑惑道："那要怎样才能'从平凡中看出不平凡'呢？这需要非常丰富的侦查经验吧？"

徐若剑点了点头说："经验丰富的侦查员之所以有着更高的破案率，是因为经验可以帮助他们快速筛选和发现那些'看似平凡实则异常'的线索，但没有那么丰富的经验，我们也可以通过横向对比的方式发现异常。"

"横向对比……和谁对比呢？"萧长风觉得自己有点开窍了，但又无法抓住那一丝明悟。

徐若剑道："例如'朝着案发现场涌过去的人群中有一个人从案发现场附近匆匆离开'就是典型的'比对后发现的异常'——凶手为了去作案，又为了从案发现场离开，其行为逻辑和正常的围观群众必然有所不同，发现这种不同，就能抓到凶手的尾巴。"

萧长风仔细观察着视频，皱着眉头道："行为逻辑异常……抽烟明显不是异常行为吧？谁都可以停下来抽烟，并不见得是准备行凶的凶手才会这么做。"

"那么，你有没有考虑过为什么他会是视频里唯一停下来抽烟的人呢？"徐若剑启发性地问。

萧长风皱着眉困惑地问道："是呀，他确实是整个视频里唯一停下来靠在电线杆上抽烟的人，但他显然不是唯一抽烟的人，我看见起码有三四个抽着烟在摄像头下经过的人。至于为什么停下来抽烟……他走累了？不，不对，从他的姿势和靠着电线杆的动作看得出来，他并不是很疲惫……他烟瘾犯了？但他没有必要停下来……他在等人？但他没有和任何人碰头，也没有接电话……对啊，他为什么停下来抽烟？又为什么不抽完就转身离开了？"

徐若剑微微一笑道："你觉得经过摄像头的人是做什么的？他们为什么走这条路，经过摄像头？"

萧长风观察着视频分析道："大部分是上学的，也有送孩子上学的，有一些……应该是去上班的吧？通勤人员。那个工人看起来很疲惫，应该是下夜班回家？这个时间段，扩展开来想一想，也许还有晨练的吧。"

徐若剑："如果这个抽烟的人不是嫌疑人，那么他会是哪一类正常经过的普通人呢？他的行为是否符合这类人的行为逻辑？"

萧长风挠了挠头道："首先不是晨练的，这人穿着牛仔裤，而且根本没有做运动；他也不像是上下班通勤的人……通勤人员都是匆匆忙忙的，着急回家或者去单位，即使停下来也只会停在车站、早餐店之类的地方，一根不在车站附近的电线杆是无法吸引一个通勤人员的；但他也显然不像乞丐或流浪汉，他虽然衣着单薄但看起来并不像流浪汉那么邋遢——流浪汉一般都会随身携带自己的'家当'。而且案发时间是 4 月底，这个季节咱们这个地方虽然中午和下午很热，但早晚和夜间的气温还是很低的，流浪汉或乞丐、卖艺者都绝不会选择在这个时间穿上短袖……所以，他确实不是我刚刚认为的那几类人中的任何一类，这样看来这个人真的很可疑，而不是相对可疑。"

徐若剑："所以你瞧，真正嫌疑人的行为逻辑和正常人是有一定差异的，这种差异并不是 100% 指向凶手，但嫌疑人有极大概率属于出现差异的人群。"

萧长风兴奋地道："现在我已经确定我没有弄错，这个靠着电线杆抽烟的人最有可能就是嫌疑人。从犯罪行为学的角度考虑，他的行为就很容易理解了——他临时决定犯罪，于是在附近蹲守潜在的被害人。在等待期间，他点了一支烟，但烟还没有抽完的时候就看到了从路的另一边独自走来的被害人，他立刻锁定了侵害对象，把烟扔掉，抢在被害人之前到达案发地点，也就是岔口附近，等被害人到达时劫持了被害人前往案发地点……这样他的异常行为就完全说得通了。"

徐若剑点了点头道："很好，还是回到我们要解决的那个问题——我们要去哪儿找到这个人？"

萧长风双眉紧锁，把视频翻来覆去地看了又看，又比对嫌疑人和其他经过摄像头的人的视频，尝试着推理道："从正常中发现异常……这个人的外貌、身高、发型都没有任何可以注意的异常点啊……对了，有一点我不知道算不算异常，我发现在视频上大家都穿着长袖或外套，只有这个嫌疑人穿着短袖，这能算异常吗？"

徐若剑肯定道："观察得很仔细，这肯定算一个异常点，在其他人都穿得比较多的时候，这个人却衣衫单薄，显然一定是有原因的。如果你想通了原因，也就想通了该去哪里寻找嫌疑人了。"

"衣衫单薄……是说明嫌疑人的家在附近吗？不不不，这完全不对，如果家在附近更应该穿严实了再出门，或者匆匆回家换了衣服再出门。反过来，嫌疑人家很远？感觉也说不通……他并没有冷得瑟缩的样子……奇怪了……难道他刚从什么很暖和的但又不是家的地方出来？单位？娱乐场所？我有点晕了……"萧长风越想越迷糊。

徐若剑笑了笑道："如果一条线索无法得出演绎的必然结论，就结合其他线索尝试进行非必然推理，争取获得一个合理的结论，缩小侦查范围。这个结果应尽可能特征化，最好具有特别的指向。你整理一下信息记录，你确定已经考虑到所有出现的信息了吗？"

"考虑所有出现的信息……我来试试看……"萧长

风拿出本子，又抽出一张纸，在纸张上写上"作案时间""作案地点""作案手法""作案动机"4个要点，然后尝试进行连线推理。

"作案时间是……4月23日的7:16……我考虑了4月23日这个时间，确定他的着装不正常；7:16这个时间有什么特殊的吗？好像确实很奇怪……嫌疑人为什么会在7点多在外面溜达？他不是来晨练的，也不是上早班和下夜班的……这人……啊，我明白了！"

萧长风兴奋地一拍桌子道："我知道了，是网吧！网吧包夜的时间是从晚上10点到早上7点，如果他是下午去网吧，玩到早上7点结束包夜以后离开，就正好会在7点多的时候出现在大路上。"

顿了顿，他继续道："这也能完美地解释为什么他穿着T恤，因为网吧里非常暖和，4月底的天气早晚温差大，如果他进网吧的时间是下午，穿着T恤正好合适，因为没有另外带外套，就会出现他穿着T恤清早出现在大路上的情况！而且从他并不瑟缩的样子来看，他显然离开网吧不久，身体并没有'凉透'，说明他应该就在附近的网吧上网。我们只要排查附近网吧的身份证记录就很有可能找到这个人！"

"非常好。"徐若剑满意地点了点头，但紧接着又提出了一个问题，"那……证据呢？比如，我们已经将其抓获，但他矢口否认，我们如何对嫌疑人定罪？"

萧长风没想到后面还有障碍，再次愣住了，思考了片刻才道："对比指纹……不对，红砖上是否有有效指纹是或然的；摄像头没有拍摄到案发现场附近的情况，根据视频看，没有证据证明嫌疑人挟持了或者伤害了被害人……草地上的脚印没有唯一指向性……需要更加确凿的线索或证据……"

徐若剑指了指萧长风刚刚写的纸道："你还有几项没有连线呢，要继续试一试吗？"

萧长风低头再次审视剩下的 3 项"作案地点""作案手法""作案动机"，想了想，他尝试着道："凶手的作案动机……对方选择穿着校服的女初中生作为侵害对象，这点不正常，这可能是和他在网吧包夜看的东西有关，但这点只能作为推论，不能作为证据。"

他在"作案动机"旁边写了"包夜"两个字，然后转眼看向另外两个选项，喃喃自语道："作案地点的选择……很粗糙，但也很巧妙，一般人不敢在离道路那么近的地方作案，而且他怎么知道在那个位置作案不会被看到呢？"

想到这里，萧长风似乎又想通了什么："而且，他怎么知道要来这个地点呢？此人到达的时间是 7:16，离包夜结束已经十几分钟了，他没有带任何物品，离开网吧的速度应该很快。也就是说，他花了十几分钟来到现场，并在此等待'猎物'……他为什么会走这十几分钟？为什么不就近找一个地点等待被害人？……被害人是谁并不重要……他为什么不再走远一点儿？经过这条路去上学的学生很多，案发现场离学校只有 600 米，案发地点又是路边绿化带深处，从他在灯下抽烟的动作看，显然

是打算在这里等待'猎物'的……为什么？"

紧接着他又在"作案方式"上画了一条线，并自言自语道："嫌疑人拿取红砖的行为是纯粹的偶然吗？还是说……他本来就知道那里有一堆砖可以供他取用？如果是后者，那么他显然不是偶然犯罪——他很可能是一直具有变态癖好，提前在学校附近踩过点，只是案发当天正好遇到这个被害人。"

徐若剑见萧长风似乎找到了正确的方向，满意地说道："没错，从案件告诉我们的信息看，嫌疑人选择被害人是纯粹的偶然行为，但从他选择的对象以及案发当天的行为看，他明显不是第一次或者临时起意，而是早就选好了'岔路口''独自上学的女初中生'等案件关键要素，在案发当天实施……也就是说，此人此前应该曾去案发地点附近踩点儿，甚至此前尝试过犯罪，但这次……出事了。"

"这是补充的侦查材料。"徐若剑从桌上拿过几页纸，递给萧长风道，"事实上，在案件的后期走访调查时，针对'嫌疑人是否此前就在此地尝试作案'的调查中，侦查员了解到，嫌疑人曾在一个月前在案发地点附近的岔路口拦截上学的女生，但那个女生机智地逃走了。因为嫌疑人当时只是用砖块威胁女生'跟我走'，所以女生并不知道嫌疑人的具体目的，逃走之后以为自己只是遇到了抢劫者，并告知了老师和家长，辖区派出所以抢劫案进行了立案，并派出民警蹲守了一周，而嫌疑人可能因为害怕没有再次出现，派出所也就没有继续派人蹲守……直到一个月后，他再次产生了犯罪的念头，这次非常不幸，有人遇害了。"

萧长风神色黯然，长长地叹了口气……

逻辑解析

　　本案的关键在于侦查假设的提出。侦查假设是侦查员根据案件的已知信息，应用逻辑推理提出关于案件要素的推测性说明。与普通假设不同，它不是随便的、想当然的猜测，而是逻辑推理的结论，是根据性非常明显的推论，这在侦查逻辑理论中称为侦查假说。

　　首先，将"7:16 穿着短袖 T 恤、牛仔裤，靠在电线杆上抽烟的男性"确定为嫌疑对象就是逻辑推理的结果，这是第一个侦查假说。提出的依据是：

　　1. 穿着不合理；

　　2. 行为不合理；

　　3. 时间不合理。

应用的是复杂的假言推理形式：

> 如果某人穿着不合理（穿着短袖T恤）、行为不合理（靠在电线杆上抽烟）并且在不恰当的时间（4月底的早晨7:16）出现在监控视频中，那么他就是嫌疑人；该男子穿着不合理、行为不合理，且在不恰当的时间出现在监控视频中；所以，该男子是嫌疑人。

这个推理并不是典型的、完全符合演绎推理要求的假言推理，其结论明显不是必然的，但就本案来说，这个结论是合理的。它迅速缩小了侦查范围，明确了侦查方向，这是关于嫌疑人的侦查假说。

其次，把嫌疑人明确为"在网吧包夜"的人，是第二个关于案件要素的侦查假说。提出的依据是：

1. 穿着不合理；
2. 气温；
3. 时间不合理。

应用的依然是假言推理形式：

> 如果嫌疑人穿着不合理（穿着短袖T恤），在天气较凉的早上（且没有明显的畏寒情况）来到案发地附近，那么他极有可能来自（温暖的）网吧；嫌疑人穿着不合理，在天气较凉的早上来到案发地附近；所以，嫌疑人

极有可能来自网吧。

这个推理依然不具有必然性，但具有合理性，是关于嫌疑人出发地的侦查假说。

最后，认为嫌疑人可能并非第一次作案的假说，依据主要是"补充的侦查材料"。这个补充材料中描述了"嫌疑人曾在一个月前在案发地点附近的岔路口拦截上学的女生，但那个女生机智地逃走了。因为嫌疑人当时只是用砖块威胁女生'跟我走'，所以女生并不知道嫌疑人的具体目的，逃走之后以为自己只是遇到了抢劫者，并告知了老师和家长，辖区派出所以抢劫案进行了立案，并派出民警蹲守了一周，而嫌疑人可能因为害怕没有再次出现，派出所也就没有继续派人蹲守……"，虽然并不能由此必然得出"嫌疑人并非第一次作案"的结论，但却可以合理地提出"嫌疑人可能并非第一次作案"的侦查假说。

逻辑学中的假言判断分为 3 种：充分条件假言判断、必要条件假言判断和充分必要条件假言判断。以假言判断为大前提，依据其逻辑关系进行推演的推理，叫作假言推理。本案提出侦查假说所利用的思维形式就是假言推理，前面进行的推理都是充分条件假言推理，其大前提都是充分条件假言判断。传统逻辑学中的假言推理是演绎推理，因此，充分条件假言判断认为前件真则后件必真。不过，这个论断的先决条件是前件必须保证真实性。

第一个假言推理：如果某人穿着不合理（穿着短袖

T恤）、行为不合理（靠在电线杆上抽烟）并且在不恰当的时间（4月底的早晨7:16）出现在监控视频中，那么他就是嫌疑人。其前件是"某人穿着不合理（穿着短袖T恤）、行为不合理（靠在电线杆上抽烟）并且在不恰当的时间（4月底的早晨7:16）出现在监控视频中"，后件是"他就是嫌疑人"。

第二个假言推理：如果嫌疑人穿着不合理（穿着短袖T恤），在天气较凉的早上（且没有明显的畏寒情况）来到案发地附近，那么他极有可能来自（温暖的）网吧。其前件是"如果嫌疑人穿着不合理（穿着短袖T恤），在天气较凉的早上（且没有明显的畏寒情况）来到案发地附近"，后件是"他极有可能来自（温暖的）网吧"。

按照传统逻辑学理论的假言推理规则，如果肯定前件，就必然得出肯定后件的结论，因此，这两个充分条件假言推理分别得出了"他就是嫌疑人"和"嫌疑人极有可能来自网吧"的结论，这两个结论就是萧长风和徐若剑提出的侦查假说。但是，认真分析上述两个假言推理的大前提，即两个假言判断，我们并不能确保其真实性，因此这样的假言推理就不是严格意义上的演绎推理，结论也就并非必然为真。然而，案件具有其非同于教科书般的特殊性，正是由于其特殊性，逻辑方法的应用得以纵横捭阖、不拘一格，侦查思维也就不再囿于"必然"，而要尽可能追求"合理"，以合理的推理结论划定侦查范围、明确侦查方向，本案亦如是。

需要说明的是，本案在提出侦查假说的过程中，并不仅仅应用到充分条件假言判断及其推理，还涉及了联言推理、选言推理等逻辑方法，只不过不如充分条件假言推理这般凸显罢了。

小说中的案件推理总是精彩绝伦的，我们站在"上帝视角"观察着一切正在发生和已经发生的事，在作者罗列的几个嫌疑人选中做着煞有介事的推理，感觉自己俨然成为那个拿着烟斗、目光犀利、头脑睿智的神探，这种感觉很美妙。然而现实中的侦查破案却是一地鸡毛，没有"上帝视角"、没有特征明显的嫌疑人选、没有精妙绝伦的逻辑推理，只有看不完的枯燥视频和海量的、需要比对筛选的信息，通宵达旦地寻找线索，没有头绪的胡乱猜想，限时破案的压力，等等。侦查员不是披着金色铠甲的天选之子，而是为了破案苦苦工作的普通人，这个案子或许正是侦查破案的日常写照。

第肆　章

雨夜杀人魔

萧长风来到徐若剑家里时，徐若剑正坐在摇椅上看着一份案卷，萧长风知道，这八成就是今天的功课了。

"徐老师，今天您要给我看什么案子？"萧长风好奇地探出头，就见到那案卷里居然还有几句外语。

徐若剑将手里的案卷递给萧长风道："这份案卷，你看一看，然后告诉我你的推理。"

萧长风拿起案卷粗看了一眼，居然是一份来自国外的案卷，好在是翻译过的，于是他坐下仔细阅读了起来……

这份案卷一共7页，每页是一个案件。

案件1

2002年6月13日6:15，R国X县警察接到报警，一名女子被发现死于自家门口附近的小巷内。被害人A，

年龄32岁，在酒吧从事陪酒工作，家里有一个7岁的女儿。因为被害人经常夜出夜归，当天女儿已经早早睡下，并不清楚被害人是否回过家。

被害人死亡时间初步断定是6月13日凌晨1:00—3:00。死因是背后中刀，凶手下手十分精准，被害人是一刀毙命；在被害人的尸体左侧发现了一支白玫瑰。

因为头天夜里下了大雨，被害人身穿简单的连衣裙和皮鞋，浑身湿透，在离尸体不远处丢弃着一把透明的塑料伞（该国便利店常见的可以免费借用的雨伞款式）。

案件2

2002年8月14日6:45，R国Y县警察接到报警，一名女子被发现死于工作地点附近的小巷内。被害人B，年龄28岁，在风俗店工作，当天因为身体不舒服凌晨0点左右提前离开了工作地点。

被害人死亡时间初步确定是8月14日0:00—2:00。死因是背后中刀，一刀毙命。在被害人的尸体左侧发现了一支红玫瑰。

因为连续几天都是大雨天，被害人身上的制服浴衣已经湿透，在离尸体不远处丢弃着一把透明的塑料伞。

因为本起案件和两个月前的案件有极大的相似性，媒体称这位没有被抓到的凶手为"雨夜杀人魔"。

案件3

2002年12月24日中午12:35，R国Z县警察接到报警，一名女子被发现死于一处废弃的歌舞厅内。被害人C，年龄28岁，酒吧服务员，独自租住在一处单身公寓内。据邻居反映，被害人平日私生活十分混乱，经常与不同的男性在一起。

被害人死亡时间初步断定是12月23日23:00—12月24日凌晨1:00。死因是背后中刀，一刀毙命。在被害人的尸体左侧，发现了一支雏菊，这支雏菊可能取自不远处的路旁。

当天从22:00左右开始下雨，一直下到了第二天早上，被害人身着普通的衬衣和短裙，没有厮打痕迹。

案件 4

2003 年 1 月 14 日 17:54，R 国 Z 县警察接到报警，有人在一处山林里发现了一具尸体。警方到达现场后发现，这是一具男性尸体，被背后一刀毙命，左侧气管被切开并插入了一支花朵，尸体已经高度腐烂无法辨认身份，只能确定死亡时间是 15 ~ 20 天内。

离被害人左肩不到 20 厘米的地方，发现了一支已经枯萎的花，经过检验是一种在该国常见的，开放于冬季的山茶花。尸体上有抵抗伤，但不致命。

案件 5

2003 年 2 月 1 日上午 9:12，R 国 Z 县警察接到报案称发生了杀人案，被害人是一名在读女大学生 D，其浑身湿透，致命伤为背后一刀毙命。被害地点是一处山地公园内的小树林里，死亡时间为 1 月 31 日 23:00—2 月 1 日凌晨 1:00。在被害人的尸体左侧发现了一支在这个公园随处可见的茉莉花。

根据在公园外摆摊卖零食的摊贩回忆，当天 22:00 左右开始下雨，于是她开始收摊。在收摊完毕准备离开时，看到被害人和另一个人一起走进了山地公园。由于当时雨势较大，加上灯光昏暗，摊贩无法回忆起更多的细节，也不记得两人是否打伞，打了什么样的伞，等等。

案件 6

2003 年 2 月 5 日早上 8:00，R 国 Z 县警察发现刑警莱恩没有按时到岗，拨打电话也无人接听，于是前往其家中寻找，在离莱恩家不远的巷子里发现了莱恩的尸体。其死因为背后中刀，在其尸体左侧发现了一支白色百合花。

经鉴定，莱恩的死亡时间为 2 月 4 日 23:00—2 月 5 日凌晨 1:00，当天 23:00 左右一段时间下过小雨。检查后发现，莱恩曾在 23:00 收到一条匿名短信，内容是"出来吧"，没有其他可疑线索。

案件 7

2003 年 3 月 27 日凌晨 2:00，大雨倾盆。R 国 Z 县警察接到报案称 Z 县高级私人医生麦克在自己家中杀人，且其身份正是"雨夜杀人魔"，报案人还告知了具体地点为 Z 县郊区麦克家的山地别墅。

报案人是麦克的朋友小说家乔威尔。乔威尔告诉警察，他在报警之前已经拨打电话向自己的好友，最近正在负责侦破"'雨夜杀人魔'连环杀人案"的刑警莱昂多求救。

警方迅速组织警力赶到现场，遇到了身上多处抵抗伤和擦伤的乔威尔，以及已经拨了急救电话的莱昂多，麦克则已经从别墅边上的山崖处滑落坠亡。在别墅里，警方还找到了麦克的另外两位好友菲尔夫妇的尸体。在两人的尸体左侧均发现了一支取材于别墅花园中正在盛开的一种金黄色花。

　　根据乔威尔的叙述，他和菲尔夫妇都是受邀来到麦克家别墅的。他在夜里听到外面有不同寻常的响动，于是出来查看，发现麦克正在往菲尔夫妇的尸体旁摆放鲜花。他大喝出声，麦克持刀追来，他拼命逃走，其间打电话给好友莱昂多并在莱昂多的提示下报警。因为对别墅的地形不熟悉，他被追到了山崖边，无路可逃，只能和持刀的麦克厮打起来，麦克手中的刀子也因此掉落。莱昂多赶到时，麦克因为分心被推下了山崖，但那是乔威尔处于拼命防卫的状态无法控制自己的行为所导致的结果。

　　经查，乔威尔整个 2 月都在科里斯城参加作家论坛，没有作案嫌疑，因此警方采信了乔威尔的证词，"'雨夜杀人魔'连环杀人案"至此告破。

分析 篇

　　很快翻完了所有案卷，萧长风感到有些莫名其妙，问道："这案子……已经破了吧，您的意思是……"

　　"你分析一下这几起案件之间的关系，看看用什么思维形式进行推理？"说完这句话，徐若剑拿起身边的茶抿了一口。

　　萧长风反复翻看着几页卷宗，喃喃道："这些案件杀人手法完全相同，现场留下的特征也相同，用类比法进行案件的串并是符合逻辑的，所以，这几起案件应该是同一人作案。嫌疑人被媒体称为'雨夜杀人魔'，主要是因为前面两个案件。第三个案件的被害人和作案手法与前面两个案件一致，甚至最后的仪式——在被害人的尸体左侧摆放一支鲜花都完全一样，应该也是'雨夜杀人魔'所为。虽然后面出现了两起男性被害人的案子，表面上看起来被

害人性别与前 3 个案件略有不同，但被害人也有可能是前面某一起案件的目击者以及追查到嫌疑人的警察，嫌疑人为了逃避惩罚而杀死了这两个男人，似乎也是说得通的。"

他挠了挠头，说道："至于最后一起杀人案的凶手，除了是麦克本人，就只有报案的乔威尔有嫌疑，毕竟当时在案发现场的只有他和被害人。如果这几起案件的确是同一人所为，根据他在案件 5 和案件 6 发生时有不在场的证据，可以排除他是这一系列案件的嫌疑人，加上其职业是小说家，也不太可能掌握一刀毙命这种专业技术⋯⋯怎么

想都是高级私人医生的麦克更可疑吧。"

顿了顿，萧长风又道："当然，在最后这起案子中，麦克选择在自己家里杀人，还一口气杀死两个人……也有可能是准备杀死 3 个人的做法有些奇怪，但凶手已经死了，也无法知道他的具体动机了，这一点也不是必需解释的吧？徐老师您说过，案件侦查不是推理小说，可以留有某些不影响侦查结果的谜团，所以，没必要去纠缠所有细节。"

最后，萧长风点了点头笃定地说："就这些材料告诉我们的信息，我可以肯定，这几起案件就是一个系列杀人案，应该是同一个凶手所为，完全可以利用类比推理的方法进行案件串并。由于麦克作案时在乔威尔拼命抵抗中摔死，倒是省了最后的侦查论证环节，也省了法庭诉讼的程序。"

推理

篇

"你是这样认为的吗？"徐若剑笑了笑，摇了摇头道，"你只记住偷懒的部分，却把我说的关键内容都忘光啦。"

萧长风不解地问："什么关键内容？您讲的我可都认认真真地记在笔记本里了，而且每天都要看几遍。"

"你记住了'可以留有某些不影响侦查结果的谜团'这句话，却忘记了必须合理、灵活地运用逻辑推理方法，这不是本末倒置吗？"徐若剑伸手拍了拍萧长风的脑袋。

说罢，徐若剑拿起那沓案卷，将它们摆成一排后看着萧长风道："所谓'串并案'，其理论依据是逻辑学中的'类比推理'，这没问题，但我是不是告诉过你在应用类比推理时一定要避免机械类比？'类比推理'是指根据两个或两类对象具有某些相同的属性，从而推断它们同时还具有其他相同属性的一种推理形式。"

萧长风连连点头道："我记得、我记得类比推理的推理形式。"说着拿起笔在纸上写下了一个公式：

A（类）对象具有属性 a、b、c、d

B（类）对象具有属性 a、b、c

所以，B（类）对象也可能具有属性 d。

徐若剑看了看推理公式，点了点头道："类比推理有两个特点。一是 A 对象是我们熟悉的，B 对象是我们希望说明或深入了解的，并且它们在一些属性上具有相同性或相似性；二是已知 A 对象的出现与其属性之间具有必然的或合理的关系，推断 B 对象也可能具有相同的关系。在侦查活动中，案件某些信息的相似并不是串并案侦查唯一的、必然的依据；同时，作案手法完全不同，也并非完全不能串并案，更多的是要准确地把握案件某些特殊信息是否相同或相似。因为同一人作案的手法可以不同，但是思维习惯始终是一致的，即便刻意去掩饰，也未必能做到绝对的相异，因此，如果案件特殊信息上表达了作案人思维习惯的差异，就不能简单地进行案件串并，若强行进行类比推理就是机械类比。"

萧长风有些疑惑道："但这几起案件中，凶手的作案手法都是相同的，虽然受害对象性别不同，但案件细节几乎完全一致，比如杀人方式、仪式细节……我觉得进行案件串并是符合类比推理要求的。"

徐若剑看着萧长风问道："你刚刚提到了仪式细节，

在'雨夜杀人魔'这些案件中，你觉得有哪些关键的仪式细节？"

萧长风立刻道："首先是杀人时间，是雨天的夜晚杀人，这也是他被称为'雨夜杀人魔'的由来。其次是作案对象，都是从事风俗行业的女性。两个男性被害人应该都是目击者或者对凶手产生了威胁才被杀的，所以先不算。还有杀人方法，是从背后一刀毙命，然后在被害人的尸体左侧摆放一支鲜花……这些特征都是一致的啊。"

徐若剑指着案卷 3 道："你前面提到了，'雨夜杀人魔'选择在雨天的夜晚杀人，但这个被害人，乍看也是死在'雨天的夜里'，实际上却不是这样——你注意看对方离开的情况、死亡的地点以及周围的环境。"

萧长风皱着眉看了看案卷 3，又看了看案卷 1 和 2，疑惑地道："只是少了一把伞而已……也许凶手把被害人的伞拿走了。这不算缺失关键信息吧？"

"不然。"徐若剑摇了摇头道，"被害人遇害的地点——废弃的歌舞厅，这个地址并不在被害人回家的路上，也不是一个正常的偶遇地点，被害人显然是专门应邀而去的。但被害人到达废弃歌舞厅时并没有下雨，她没有带伞，衣服也是干燥的。如果凶手是'雨夜杀人魔'，那么对方为什么会在没有下雨的时候就提前约出被害人呢？依赖天气预报吗？如果是那样，那么案件 1 和案件 2 的发生又说不通了——明显都是在雨夜进行的突然袭击，而此后的被害人也是在下雨后被杀死的。"

萧长风仔细看了看案卷，略有所悟道："确实如此，而且被害人Ｃ的身份也与被害人Ａ和Ｂ有微妙的区别——Ａ和Ｂ都是从事风俗行业的女性，但被害人Ｃ有正经的服务生工作，只是私生活混乱而已……而后面死亡的Ｄ，更是一个普通的女学生，她与被害人Ａ和Ｂ的职业跨度更大，从针对对象这个属性看，确实已经不太符合串并案的要求了。"

徐若剑抽出两名男性被害人的案卷道："另外，关于两名男性被害人，Ｒ国警方的推断是，这具无名男尸是目击证人，被凶手发现之后灭口。但你看后面在案件5中，目击者零食摊贩明确看到了凶手和被害人却没有遇到任何危险，凶手甚至没有注意到她，这一点和警方推断的无名被害人的死因是矛盾的。"

萧长风摸了摸下巴疑惑道："也许是因为摊贩只是远远看着，而那个无名被害人则是出现在了案发现场附近？不，不对……如果确实发生过作案时被人闯入案发现场，且不得不将对方灭口的事情，那么嫌疑人从此以后都会十分注意作案时周围是否有可能的目击者，绝不会根本没注意到摊贩。"

徐若剑点头道："运用类比推理应该注意的问题，一是相似属性的数量要尽可能多，二是相似属性与推出属性之间的相关性要足够合理，三是相似属性应尽量是两个或两类事物的本质属性。由此可见，这些案卷的凶手并不是同一个人。"

萧长风道："凶手为什么能做到和'雨夜杀人魔'一样的仪式——报纸报道不可能仔细描述到'尸体左侧摆放

了一支鲜花'这样的细节吧，如果后来的凶手是模仿作案，为什么对方会知道这样的细节呢？"

徐若剑道："这里我们需要运用假言推理。"

说罢，徐若剑在纸上写了一个句子——（P）如果凶手在作案后实施放花的仪式，（Q）那么凶手知道"雨夜杀人魔"杀人放花这一细节。

徐若剑用笔头敲着桌面道："这是一个充分条件假言判断，根据规则，如果 P 真，则 Q 必真。因此，我们可以得出结论：凶手知道'雨夜杀人魔'作案后会有放花的仪式，并且也实施了这个仪式。"

紧接着，徐若剑继续写——（P）只有能够了解案件的具体细节，（Q）才知道"雨夜杀人魔"杀人放花的仪式细节。

徐若剑看了萧长风一眼道："所以，这里的结论是——？"

萧长风思考了一下道："这是一个必要条件假言判断，其前件是假的，因为当案件被媒体报道后，凶手并不是唯一了解案件细节的人，所以其后件必然是假的，也就是说'不了解案件细节的人也能完成杀人后放花的仪式'。"

徐若剑点了点头道："没错，所以我们可以写出第 3个推理。"

说罢，他继续写道——（P）有且只有凶手可以了解案件细节，（Q）那么凶手才能完成杀人放花的仪式。

徐若剑道："当案件公开后，凶手并不是唯一知道案件细节的人，更不可能必然得出凶手是唯一能够实施杀人后放花仪式的人。因此，通过 3 个假言判断推理得出，结论同时为真的条件是——凶手和接触过案件的人是可能完成杀人后放花仪式的人。案件描述中只有两类人可以完成这个结论，一是凶手本人，二是接触案件并且知道详细案情的人。"

萧长风若有所思道："知道详细案情的人……且必须在 12 月，也就是案件 3 案发之前就知道细节的人，不可能是媒体或看到报道的读者，虽然媒体是在案件 2 之后开始称这个凶手为'雨夜杀人魔'，但媒体并没有细致入微地描述凶手的作案过程，报道中也没有提到被害人的尸体左侧放有一支鲜花。因此，报道者和读者应该并不知道'凶手在被害人的尸体左侧放了一支鲜花'，那么，谁在杀人后因为看到外面下雨就立刻想到并准确模仿'雨夜杀人魔'作案呢？……这个凶手是从什么渠道知道'被害人的尸体左侧有凶手放的一支鲜花'这个案情细节的呢？"

"可以换一个角度去思考。"徐若剑道，"假如已经确定这些案件并非同一人所为，嫌疑人至少有两个，那么我们就单独抽出其中具有特

殊特征的案件再次分析好了。例如警察死亡的案件，我问你，如果将刑警莱恩的案件单独拿出来和你讨论，你会得出什么结论？"

萧长风不假思索地说道："一位正在追踪连环杀人凶手的资深刑警，突然背后中刀死亡，嗯，我会认为凶手是一个被害人没有防备的人，比如凶手看起来非常弱小无害，或者凶手是被害人的熟人？"

说到这里，萧长风突然眼睛一睁，有些不可思议地道："原来如此！凶手极有可能是警队里负责侦查'雨夜杀人魔'案件的警员。对，对，只有这个身份，凶手才能知道最详细的案件细节，而这个凶手也可以借着熟人的身份，在刑警莱恩毫无防备的情况下从背后刺死他！"

"有些上道了，孺子可教也。"徐若剑笑道，"现在我们继续推断无名尸体的身份。案件 1 和案件 2 具有高度的同一性，可以串并案，假设为同一个凶手，但此凶手在案件 2 后却并没有继续杀人。从案件 3 开始，每一起案件都与案件 1 和案件 2 不相同，显然是模仿作案，但所有摆放在尸体左侧的花几乎是就地取材或是随处可见的，再也不是玫瑰了。好，我们继续分析，如果莱恩的确是被自己警队的同事杀害的，我姑且把这个杀害莱恩的警察称为'嫌疑警员'，在案件 3 之后，突兀死掉了一个无名男人，这个案件既不符合'雨夜杀人魔'的杀人特征，也不像是某个凶手的模仿犯罪，即'嫌疑警员'需要灭口的对象。那么他到底是谁，又为什么会死呢？"

"逻辑学中有一种关于论证的方法，叫作'归谬法'，即以假设为真的前提，通过合理的推理过程得出明显不合理的、荒谬的结论。"见萧长风还在思索，徐若剑继续道，"在前两起连环杀人案后，'雨夜杀人魔'再也没有作案。如果我们假设这是真的，那么……"

萧长风此时已经跟上了徐若剑的思路，道："案件 1 和案件 2 之后发生的犯罪应该就是模仿犯罪。在案件 3 之前，'雨夜杀人魔'是流窜作案——案件 1 发生在 X 县，案件 2 发生在 Y 县，但从案件 3 开始，所有谋杀都发生在 Z 县，因此可以推断，某个原因使'雨夜杀人魔'没有或者无法继续作案，而了解案情的、可能是参与案件侦查的'嫌疑警员'则模仿'雨夜杀人魔'的作案手法满足着自己的作案需求。"

说到这里，萧长风的眼睛异彩闪烁，兴奋地说："因此，那个男性的无名尸体可能就是案件 1 和案件 2 的凶手，即最初的'雨夜杀人魔'。负责侦查'雨夜杀人魔'案件的某个警员，出于某些原因杀死了案件 3 的被害人，为了掩盖自己的行为，便模仿了'雨夜杀人魔'的作案手法。在之后的办案过程中，他找到了真正的'雨夜杀人魔'并杀死了他，然后借用其身份继续杀人。直到刑警莱恩逐渐怀疑到他的身上，于是他不得不杀死了莱恩……"

"但这样一来，'雨夜杀人魔'的事情越闹越大，案件等级就越来越高，按照 R 国警方的做法，很可能接下来就会有更高级别的警察来接手此案。"徐若剑点头道，"所以，'雨夜杀人魔'一定要尽快落网，但真正的'雨夜杀人魔'此时已经无法被抓捕认罪，因此最后一起大规模的'雨夜杀人魔'杀人事件和'雨夜杀人魔'的死亡也就出现了。"

顿了顿，徐若剑继续道："最后一起案件中，报案人乔威尔是一直负责追踪'雨夜杀人魔'的警察莱昂多的朋友，而这两人又是当时现场最终的幸存者——警方的大批警力到达时，一切已经'尘埃落定'。R国警方为了减少后续麻烦，加上报案人确实没有前面案件的嫌疑，且又和莱昂多互相佐证，因此认可了两人的证词，将麦克作为'雨夜杀人魔'定案。"

萧长风接过话继续道："但是，乔威尔没有前面几起案件的嫌疑，并不代表没有最后一起案件的嫌疑——麦克是报案人乔威尔及受害人菲尔夫妇的朋友，案发当天，他邀请了这三人一起来别墅做客。最后的结果却是菲尔夫妇被杀，麦克坠亡，活下来的实际上只有乔威尔一人，乔威尔本就是别墅杀人案的重要嫌疑人，而在警察到来之前，乔威尔已经和莱昂多在别墅里了，现场完全有可能是伪造的。"

"我们可以这样还原案情，"徐若剑点了点头道，"乔威尔因为某种原因，准备杀掉麦克或菲尔夫妇，于是制造了别墅杀人案。他想脱罪，又正好认识一个刑警朋友，而这个刑警朋友又正好需要一个'雨夜杀人魔'，一切就这样顺理成章了。至于别墅杀人案是否有预谋，或者到底是乔威尔一人实施还是与莱昂多共同实施，才是案件真正的谜团。'雨夜杀人魔'启发了一时冲动杀死了被害人C的警察莱昂多，随后莱昂多伪装成'雨夜杀人魔'作案，而他又启发了在麦克宅中犯罪的乔威尔……"

上述案件的推理运用了逻辑学中的类比推理、假言判断和归谬法，但是真正贯穿此案始终的逻辑知识点却是同一性。

古代印度哲学最早研究了因果同一性问题。数论派的"因中有果论"较明确且有力地论述了一种因果同一性的思想，它由《数论颂》中的五条理由和理论组成。

1. 无不可作故：不存在的东西是不能被创造出来的，如在沙子中不能产生油，除非沙子中原来就有油。

2. 必须取因故：一定的果必然有一定的因，如奶酪可以从奶中得到，而不能从水中得到。

3. 一切不生故：若因中无果，那么一切东西就能产生一切东西，如从草、沙、石中生出金银，但这种现象是没有的。

4. 能作所作故：特定的因只能产生特定的果，如土能制作陶器，而草木则不能。

5. 随因有果故：某一事物必然是由同类性质的事物所产生，因与果在性质上必定是相同的，如麦芽和麦种必定是同类的东西。

另一个古印度哲学派别——正理论派① 也表述了一定的因果同一性思想："在发生以前，结果不是非有的，因为存在一定的质料因。"

亚里士多德的"质料因"指出："原因之一是事物由之生成并寓于事物之中的那种东西。"

笛卡尔则认为："原因的实在性必多于或等于结果的实在性。"他认为结果的内容必定来自原因，那么原因就应包含着比结果更多的内容，以产生出它的结果。

斯宾诺莎认为：认识结果有赖于认识原因，并且包含了认识原因，并视之为公理；凡彼此之间没有共同点的事物不能成为因果关系；原因视为结果的解释或理由，视因果关系为一种理解关系。

黑格尔分三层意思来表达这一思想。

第一，人们将找不到一种只存在于结果而不存在于原

---

① 正理论派以认识论和逻辑学为主要宗旨，把人的认识分为"确切的认识"和"非确切的认识"两种。正理论派关注的中心问题属于认识论的范畴，主要讨论获得正确认识的方式或方法。——编者注

因的内容。

第二，在名称上，原因与结果的设定是相对的，一事物是原因或结果仅是相对设定的，是可以变更的，二者之间并无不可逾越的界限。

第三，原因与结果是互为条件、不可分离的。原因与结果在内容实质、名称和逻辑关系上都具有同一性。

将 7 个案例的案件要素罗列出来，运用同一性原理找出其中的异同。

案件 1 情况

被害人死亡时间：初步断定是 6 月 13 日凌晨 1:00—3:00

被害人死亡地点：R 国 X 县

案发日天气：夜里下了大雨

被害人的年龄、身份：32 岁，女性，在酒吧从事陪酒工作

死因：背后中刀，凶手的下手十分精准，被害人是一刀毕命；在被害人的尸体左侧发现了一支白玫瑰。因为头天夜里下了大雨，被害人身穿简单的连衣裙和皮鞋，浑身湿透，在离尸体不远处丢弃着一把透明的塑料伞。

案件 2 情况

被害人死亡时间：初步断定是 8 月 14 日 0:00—2:00

被害人死亡地点：R 国 Y 县

案发日天气：连续几天都是大雨天

被害人的年龄、身份：28 岁，女性，在风俗店工作

死因：背后中刀，一刀毕命；在被害人的尸体左侧发现了一支红玫瑰。因为连续几天都是大雨天，被害人身上的制服浴衣已经湿透，在离尸体不远处丢弃着一把透明的塑料伞。

案件 3 情况

被害人死亡时间：初步断定是 12 月 23 日 23:00—12 月 24 日凌晨 1:00

被害人死亡地点：R 国 Z 县

案发日天气：当天 22:00 左右开始下雨，一直下到了第二天早上

被害人年龄、身份：28 岁，女性，酒吧服务员

死因：背后中刀，一刀毕命；在被害人的尸体左侧发现了一支雏菊。被害人身着普通的衬衣和短裙，没有厮打痕迹。

案件 4 情况

被害人死亡时间：大概是 15 ~ 20 天内，具体并不知道遇害时是当天的哪一个时间段

被害人死亡地点：R 国 Z 县

案发日天气：不知

被害人年龄、身份：具体年龄不知，男性，具体身份未介绍

死因：背后一刀毙命；在被害人的尸体左侧发现了一支山茶花；尸体上有少量的抵抗伤，但不致命。

案件 5 情况

被害人死亡时间：1 月 31 日 23:00—2 月 1 日凌晨 1:00

被害人死亡地点：R 国 Z 县一处山地公园内的小树林里

案发日天气：当天 22:00 左右开始下雨

被害人的年龄、身份：一名在读大学生，女性

死因：背后一刀毙命；尸体左侧发现了一支茉莉花。根据在公园外摆零食摊的摊贩回忆，看到被害人和另一个人一起走进了山地公园，不记得两人是否打伞，打了什么样的伞，等等。

案件 6 情况

被害人死亡时间：2 月 4 日 23:00—2 月 5 日凌晨 1:00

被害人死亡地点：R 国 Z 县

案发日天气：当天 23:00 左右一段时间下过小雨

被害人的年龄、身份：刑警莱恩，男性

死因：背后中刀；尸体左侧发现了一支白色百合花。莱恩曾在 23:00 收到一条匿名短信，内容是"出来吧"，没有其他可疑线索。

案件 7 情况

　　被害人死亡时间：3 月 27 日凌晨 2:00

　　被害人死亡地点：R 国 Z 县

　　被害人天气：大雨倾盆

　　被害人的年龄、身份：高级私人医生麦克及其好友菲尔夫妇

　　死因：麦克坠落山崖而亡；菲尔夫妇两人致死原因没有描述，两具尸体的左侧均发现取于麦克家的花园中正在盛开的金黄色花。

　　本案细节：根据乔威尔的叙述，他和菲尔夫妇都是受邀来到麦克家的，他在夜里听到外面有不同寻常的响动，于是出来查看，发现麦克正在往菲尔夫妇的尸体旁摆放鲜花；他大喝一声，麦克持刀追来，他拼命逃走，其间打电话给好友莱昂多并在莱昂多的提示下报警。因为对别墅的地形不熟悉，他被追到了山崖边，无路可逃，只能和持刀的麦克厮打起来，麦克手中的刀子也因此掉落。莱昂多赶到时，麦克因为分心被推下了山崖，但那是乔威尔处于防卫状态无法控制自己的行为所导致的结果。

　　将 7 个案例进行信息提取后，案件要素就更加明显了。7 个案例乍看好像是一人所为，被害人都是从背后一刀毙命，尸体左侧摆放一支鲜花，作案时间均选择在凌晨，天空下着雨。但是，仔细分辨则发现，7 个案件还是有许多细微的差别。这些细微的差别透露出作案者思维模式的不同。

案件 1 和案件 2 与其他几起案件相比更具有同一性。被害人均为 30 岁左右，均为从事风俗行业上夜班的女性，死亡后摆放在尸体左侧的花均为玫瑰花，凶手杀人后都会丢弃一把伞。不同的是案件 1 发生在 R 国 X 县，案件 2 发生在 R 国 Y 县；案件 1 出现的是白色玫瑰花，案件 2 出现的是红色玫瑰花。这两起案件虽然地点不同，花的颜色不同，但是更像同一人所为，类似连环杀人案的作案手法。

从犯罪心理学的角度分析，连环杀人的作案者一般是由于童年时期的特殊成长经历、成人后经历过巨大的精神伤害等原因产生一种报复社会的心理，作案者有着固有的报复性思维。有这种思维的人会呈现偏执、反复的性格，会对某一性别、某类职业、某种行为或某类事物产生厌恶或憎恨情绪，于是这种报复行为具有很强的同一性。有的作案者会根据自己的行为习惯，在作案现场做出特别的标记；有的作案者则不会留下特别的标记。但是，无论是否刻意留下标记，作案者的行为习惯一般不会轻易改变。因为行为习惯是思维的外在表现，意味着作案者的思维习惯一般也不会轻易改变。这些貌似单调、刻板的思维习惯却蕴含着丰富的逻辑联系。

案件 1 和案件 2 中的被害人均为 30 岁左右的女性，由此可以推测作案者可能也是年龄相当的男性；案件 1 和案件 2 中的女性都为风俗行业女子，由此可以推测作案者可能结识过此种职业的女性，也许作案者的母亲、姐姐或女朋友、妻子从事此类职业；作案者选择将其从身后一刀毙命，由此可以推测作案者不希望与被害人正面对视，杀人手法的干脆也可能表现作案者对被害人具有某种恨意；选择在雨夜凌晨作案当然是为了便于作案以及作案后的逃遁，但也不排除作案者曾经在雨夜有过特殊的经历；作案者在被害人的尸体左侧摆放一支鲜花，可以推测选择人的身体左侧可能具有某种特殊的意义，因为正常人的心脏位置在左侧，在这个位置放上一支鲜花，作案者刻意营造这样的死亡现场，让整个作案具有仪式感，这个环节也是案件的关键所在。

作案者将雨伞遗落在现场，由此可以推测这个行为也是有意为之。在下着大雨的夜晚，作案者作案结束后要迅速逃离，如果不打伞反而会增加暴露的风险；作案者作案后拿着雨伞快速逃离现场，然后悠闲地打着伞在雨中慢行，反而不太容易引起怀疑。然而作案者两次都将雨伞遗落在现场，由此可以推测不是作案者作案后慌乱忘记了，更像是刻意将伞留下的，虽然不甚明了他想要表达什么意思，但推测是作案者刻意为之。

以上种种都是作案现场与作案者行为之间的逻辑联系，这些逻辑联系就是作案者本人思维的一种反映。作案者有意或无意的行为可能蕴含某种特定的意义，或者是作案者对某种情绪的表达。如果作案者在案件实施过程中没有完成这样的仪式，案件在作案者心中就是不成功的或不完美的。然而在案件 1 和案件 2 之外的其他案件中却没有上述作案手法，或者遗漏了部分作案手法，对于连环作案，这样的案件是不完整的，作案者内心也是否定的。所以，推测其余案件可能不是案件 1 和案件 2 的作案者所为。

案件 3 ~ 7 在案件的同一性上表现得比较弱。作案者选择在雨天夜晚作案，用的都是从背后一刀毙命的方式，但是在被害人的尸体左侧摆放了不一样的花，而且多为就地取材；现场也没有遗落的雨伞，被害人也不再是 30 岁左右从事风俗行业的女子，而是有男有女，有警察，还有夫妇，如此就让这些案件有了刻意模仿的痕迹。因为除了连环凶手会遵循某种既定的仪式感，一般凶手对特定的杀人仪式感是没有特别需求的。这种需求是一种心理需求，对于有这种需求的连环凶手，如果在杀人环节中没有完成这些特定的仪式，内心会非常不安，甚至对自己的行为产生强烈不满。

正如黑格尔所说，原因与结果在内容实质、名称和逻辑关系上都具有同一性。

由此可见，案件 3 ~ 7 的原因与结果在内容实质、手段方式和逻辑关系上都不具有同一性，但是它们具有另一种同一。在案件 3 以前，"雨夜杀人魔"是流窜作案——案件 1 发生在 X 县，案件 2 发生在 Y 县。但从案件 3 开始，所有案件都发生在 Z 县。因此可以推断，由于某个原因，原本的"雨夜杀人魔"没有或无法继续作案，而负责追捕他的 Z 县"嫌疑警员"则伪装成他满足着自己的作案需求，Z 县"嫌疑警员"就是推测的另一种同一。

哲学意义上的同一是事物现象与自身相同、相等或一样的范畴。在同一认定理论引入中国的 100 年以来，其内涵与外延也随着社会的变化而不断丰富与拓展。就同一认定的主体而言，只有具有专门知识和了解客体特征的人，才符合主体要求。具有专门知识的人通常是指刑事技术人员或刑事司法机关聘请的专业司法鉴定人员，了解客体特征的人主体范围非常广泛，包括被害人、见证人、知情人、行业专家等可以讲清楚某一物体的客观特征的人。

杀人案件中的任何细节只有在公之于众后才能够被大众知悉，除此之外，杀人实施的细节只有作案者自己最清楚。可是案件 3 ~ 7 的作案细节和案件 1、案件 2 的作案细节非常相似，谁能够如此清楚作案者的作案细节，从被害人的背后将其一刀毕命而不是正面捅杀，更不是下毒、坠楼或扼颈致死；在被害人的尸体左侧，而不是其他部位摆放鲜花；但是与案件 1 和案件 2 相比，后面几个案件中摆放的花却不是玫瑰花。至于为什么摆放玫瑰花，是巧合还是有意为之，案件 3 之后的作案者似乎没有特别在意，也没有深入思考过摆放花的讲究，这也是破坏之前案件同一性的一个关键点，也就成为推测不是案件 1 和案件 2 的作案者所为案件的一个疑点。

案例 3 之后的案件对作案对象也不挑剔，有男子，有夫妇，甚至还有警察，这也是破坏之前案件同一性的另一个关键点。案件 3 之后的案件体现出的另一个同一性是作案手法上的同一，都遵循着案件 1 和案件 2 作案者的作案方式，但是在一些作案细节上有所出入，没有了刻意选择的作案对象，也没有了刻意选择的玫瑰花，更没有了遗落在作案现场的雨伞。这些作案细节上的遗漏从另一个方面告诉案件推理者，案件 3 之后的作案者与案件 1 和案件 2 的作案者的思维模式具有非同一性，是有意模仿案件 1 和案件 2 的作案者，说明案件 3 之后的作案者对前两个案件的作案手法有一定的了解，但是对于这两个案件深层次的问题并没有深刻的理解，不知道两个案件中蕴含的一些特殊信息，后面案件则单纯模仿作案手法，以此混淆众人视听，希望隐藏在案件 1 和案件 2 的作案者的身后，既完成作案目的，又不暴露自己，用人们已知的可能的作案者成为警方关注的对象。

但是，恰恰是这种刻意的模仿暴露了案件 3 之后的作案者。关于案件 3 ~ 7 的真实作案者，徐若剑也只是根据案情信息进行推理，并没有真正得以证实。不过，关于案件 3 之后的作案者的身份，根据已有的材料进行推理，可以肯定的是，作案者知道案件 1 和案件 2，而且清楚很多详细的作案手法，那么由此推测案件 3 之后的作案者的身份是参与办案的警察是符合逻辑的。只有参与办案的警察，或者与办案警察关系亲密并且通过与办案警察交流知道作案手法的人，才能够清楚那么多作案细节，炮制出后来的案件。这些案件作案手法的不同一，恰恰暴露了作案者的同一。因为有了这位作案者形似神不似的模仿，才让案件推理更加明确案件 3 之后的作案者与前两个案件的作案者不是同一人。

同一认定的客体，是指与案件相关的人员、物品等肉眼可见的或借助工具可转换识别的客观特征。较为常见的同一认定的客体是所提取到的指纹、足迹、血迹、工具痕迹等遗留在犯罪现场的客观物质。因此，同一认定原理的概念是指由了解客体特征的人或具有专门知识的人运用自身识别力和科学技术方法对于侦查客体先后出现的特征进行比较，确定是否为同一个，解决某一客体物质与案件之间是否存在特殊联系的原理。

进行案件推理需要将同一认定的主体和客体结合起来进行同一比对，这种比对和类比方法又有不一样的地方，类比推理更侧重对两类相比事物中没有的情况的一种假设。

第伍章

刺杀

　　"好了，今天的理论课就到这里。"随着徐若剑这句话说出，萧长风放松了一直紧绷的腰背，舒了一口气——虽然徐若剑的授课方式非常生动有趣，与逻辑学关联学科的知识也非常丰富，但每节理论课都需要汲取大量的逻辑知识，这让萧长风感觉有些紧张和疲惫。

　　萧长风合上笔记本站起来道："今天真是学到了很多，那我这就先……"突然一阵隆隆的雷声打断了他的话，窗外的天空不知道什么时候已经完全被乌云遮蔽住了，下午四五点的天空却黑得近似夜晚。

　　"你先别走了，这眼见要下大暴雨，一会儿你还没走到路边就要淋成落汤鸡了。"徐若剑劝阻道。

　　萧长风还在犹豫，但老天爷已经不给他瞻前顾后的机会，雨倾盆而下，打在办公室的窗户上发出"砰砰"的声音。

萧长风见此情景又坐了回去，说："您说得对，我还是等雨停了再走吧。"

徐若剑点了点头，低头关掉了电脑，从书架上拿出一本《逻辑学新论》翻看起来。萧长风拿出手机玩了一会儿，觉得气氛有些尴尬，又不想浪费这难得的"二人时光"，犹豫了一下，主动开口道："徐老师，逻辑思维对于发生过的案件也有帮助吗？"

徐若剑闻言抬起头来，忍不住失笑："你这话说的……"

萧长风犹豫了一下又道："但这个案件也不一定是真的……"

"你第一次尝试推理的不就是我学生写的小说吗？能否推理的关键在于案件给出的信息是否足够，同时信息之间是否具有逻辑关系。只要满足这两个条件，就能进行逻辑推理。"徐若剑笑笑道，"小萧，你问了这么多，是不是有案例想拿出来和我分享啊？"

萧长风不好意思地点了点头道："确实是这样，我前几天在网上刷视频，看到一个'奇案'的系列电视剧，里面的 UP 主[①]讲了一个案子，我觉得特别有意思，但那个 UP 主也没有说清案件是否根据真实事件改编，以及真相到底是什么，只是弄了个噱头就结束了，我听了也有些晕乎，

① 指在视频网站、论坛、ftp 站点上上传视频、音频文件的人。

但又很想知道真相……"

徐若剑看了看外面短时间内停不下来的雨，温和地道："那你就讲一讲吧，这次换我来做笔记。"

于是萧长风开始讲述案件。

这是一个完全虚构的故事。在某大陆上有两个相邻的国家：国土面积庞大、人口众多而国力孱弱的中赤国和国小人寡而国力强盛的流殇国。流殇国看到中赤国外强中干，便制订了一个"蛇吞象"计划，对中赤国发动了侵略战争。在此背景下，中赤国国内两个强大的势力——南毓派和明阳派开始接触，商讨联合抗敌的可能性。

案发地点是中赤国都城珑南郡里一栋名为"山雪里"的公寓。山雪里在当时算是十分高档的公寓，于是那些临时来都城待上一段时间又不想去宾馆的官员就会居住在此。

山雪里的四层楼中，一楼只有一个门房，其余部分被一家"北固国"人开设的服装店占据。服装店的大门开在街道方向，三面被完全封死，所以从服装店里是无法进入公寓的。所有进出山雪里的人，都必须从门房经过。

山雪里的顶部是一层一户的大平层，里面装修豪华，住的是本案最重要的人物也是案件中的死者——南毓派高官景录将军。景录将军来珑南郡是准备参加接下来的几场重要会议的。他身居要职、手握重兵，突兀而来但立场不明，是相关各方或争夺或驱逐的对象。

山雪里的二楼和三楼都是面积较小的房间。二楼有两间房，是略微错开的门对门的格局，其中 A 房住的是景录将军的副官田武，入住时间和景录将军一样；B 房住的是

在公寓里住了一段时间的官员迦莫的秘书。三楼 A 房住着官员迦莫，B 房则住着珑南郡轶岳格将军的副官涞君。

案发前，珑南郡有流殇国的谣言在流传，暗指最近到达珑南郡的高官中有人和流殇国沆瀣一气。为了加强监管，南毓派对初到珑南郡的官员进行了监视。山雪里同样如此，一名暗探假扮成了门房的工作人员，负责监控所有进出山雪里的人。

即便如此，这里仍然发生了刺杀案。

根据扮成门房工作人员的暗探陈述，案发当天上午没有任何异常情况发生，早上迦莫及其秘书、轶岳格将军的副官涞君三人正常离开山雪里去上班。

午饭后，珑南郡当红戏班的班主进入了山雪里，暗探登记时，班主说自己是去见景录将军的，正在此时，副官涞君下班回到了山雪里午休，这是他一贯的作息习惯。暗探目睹两人一前一后上了楼。

此后没多久，一名花枝招展的妓女进入了山雪里，要去三楼 B 房见副官涞君，说对方前天的过夜钱没有结算，准备上去要钱。暗探对其进行登记后告诫对方，楼上楼下都住着高官，不许胡闹，对方讪讪应了，随后就上了楼。

不到一小时，又有一个女子来到山雪里，手里提着一个篮子，里面是一些绣品，说要去三楼 B 房送预订的绣扇。因为此前上去了一名妓女，加上给青楼女子赠送绣扇是当时的潮流，所以暗探觉得大概是副官涞君定了东西送给那名妓女让其消气，就让这位卖扇女上楼了。此时副官田武下楼，在和卖扇女擦肩而过时还捏了她一把，两人拉扯了两下，因此引起了暗探的注意。随后田武离开山雪里，出门时还和暗探打了个招呼，说下午将军有客人，让门房的工作人员盯着点儿，并顺口说自己这是去买水果。

卖扇女上楼后大约 10 分钟，戏班班主下楼了，景录将军亲自送他下来，一直走到了山雪里门口，暗探此时确定这位是景录将军本人，这也是他最后一次见到活着的景录将军。

戏班班主离开后，景录将军也准备上楼，此时副官田武提着一袋水果回来，见到景录将军后连忙向景录将军问好，景录将军点了点头算是回应，随后两人一前一后上了楼。

大约又过了 10 分钟，一个身材高大的男人走进了山雪里。虽然他戴着帽子留着胡须，但暗探一眼认出此人乃是本地黑帮的头目，心里提高了警惕。当此人登记时说要去顶层见景录将军时，暗探觉得事情有些蹊跷——景录将军来到珑南郡才几天时间本地黑帮头目就上门，这显然很有问题。

于是，暗探假装平静地看着对方登记了假名，随后悄悄跟着他一起上了楼。黑帮头目一直上到四楼敲开了景录将军的房门，进入房间后房门关上。

房门关闭后，暗探来到门前把耳朵贴在门上偷听，听到了两人从低声谈话到大声争执的全过程。突然他听到"扑通"一声，似乎重物倒地的声音，随后是一阵寂静。暗探正在犹豫时门开了，黑帮头目站在门口，见到暗探顿时露出惊恐的神色，转身就朝着背后的窗户跑去。

暗探拔腿就追，其间用随身携带的手枪开了一枪但没有打中对方，黑帮头目从客厅窗户跳了出去，顺着窗户旁边的水管滑下。暗探进入房间后看到景录将军倒在客厅里，但他忙着追凶手没来得及确认景录将军的情况，就迅速顺着窗外的水管滑下楼去。不过，暗探确定他冲进屋子时关上了景录将军的房门。

因为山雪里的大门外就是十分繁华的街道，当时正值下午，人非常多，加上有枪声响起的缘故，当暗探顺着水管滑下来时，周围聚集了很多看热闹的人，黑帮头目钻进人群，暗探追了不到10分钟便跟丢了对方，无奈只好回到山雪里，此时不少警察听到枪声也赶到了附近，并将山雪里封锁。暗探回到楼下才得知，景录将军和他的副官都已遇刺身亡，两人均是一刀毙命，区别是景录将军是正面中刀，副官则是从背后被刺。

先前进入山雪里的妓女、卖扇女均不见踪影，估计是趁乱离开了。

警察询问副官涞君，对方回答自己从未叫过什么妓女，也没有预订过绣扇，当天没有任何人登门。事实上，他当天下午之所以没有去上班，是因为上午下班时接到了一项重要任务——为轶岳格将军修改即将开会的会议发言稿，所以，整个下午他都在房间里查阅资料、校对发言稿。因为发言稿涉及多国文字和当前的局势分析，工作非常复杂烦琐，他几乎是一刻不停地在忙。经过检查，确定副官涞君当天确实是中午才拿到刚刚写好的初稿，而其修改、校对的工作量很大，可以确定他的确需要埋头苦干好几小时，其间最多只是喝水或上厕所。初稿上修改的字迹也确实属于副官涞君本人。

迦莫及其副官更是早上出门后一直到当天夜里才结束工作回到山雪里。因为是紧急会议，可以确定迦莫及其副官既不可能提前知道要开会到夜里，其间也无法离开或与外界联络。

山雪里所有房门有且只有一把钥匙，均在各自房主手中。经检查，景录将军的钥匙上只有景录将军本人的指纹。

警察判断可能的凶手就是那个黑帮头目——他在和景录将军的争执中拿刀刺死了景录将军，但却不能解释景录将军副官田武的死亡，警察只能粗浅推断也许和消失的妓女或卖扇女有关。

然而，随着几天后黑帮头目被捕，事情却更加奇怪了。根据黑帮头目所说，自己只是受委托上门传递消息，并说服景录将军投靠某一政治阵营，根本没打算杀人，当天自己身上也没有携带凶器。景录将军是在和他说话争执时自己倒下的，他立刻扶起了景录将军，且确定对方当时还活着。他开门是想出去叫医生，却和暗探撞了个正着，他以为暗探是杀手，这才仓皇逃走。

据了解，这个黑帮头目曾经被人砍去了双手拇指，此后便很少杀人。他如果要杀人，必须用特制的刀具，但案发现场的作案工具只是一把普通的刀，显然不可能是黑帮头目杀人。

此后，警察又在被害人的随身烟盒里发现了一支被下过剧毒的香烟，法医在被害人体内和房间茶几上的水杯里检出了麻醉药物……整个案件因此更加扑朔迷离。

"我一直没有想明白，到底是谁，又是如何刺杀景录将军的呢？"萧长风自言自语道，"山雪里有且只有一个入口，暗探一直守在那里，整栋楼只有一条十分狭小的楼梯，两人迎面而过时都要侧着身子；楼道里没有任何机关、暗道或可供躲藏的杂物等。山雪里的外面就是闹市，如果从外壁攀爬，就一定会被人看见。据那位 UP 主猜测，当天在楼里的副官涞君可能与刺杀案有关，但他到底是主谋、同谋，还是杀手？他在其中起了什么作用？那两个女人又为何出现？这些是解不开的谜团……"

想了想，萧长风又道："视频里有一条很重要的证据，让整个案子成了所谓的'不可能'的密室——活着的景录将军是暗探亲眼所见，他和戏班的班主一起下楼，又和自己的副官一起上楼。在景录将军死后，警察在他的茶几上发现了十几颗水果，而曾经装水果的空袋子却出现在副官田武房间的进门处，也就是说副官田武并不是只到了二楼，而是和景录将军一起走到了四楼，显然景录将军是被人全程护送回房间的。紧接着黑帮头目就来了，而暗探是紧跟着黑帮头目上楼的。那么，整个下午，谁下了药？谁下了毒？谁又是刺客？这不就是一桩典型的悬案吗？"

分析

篇

徐若剑思忖着，在纸上画出了萧长风所说的整个事件的发生顺序。

1. 景录将军和副官田武在家，其余人均出门。

2. 戏班班主和副官涞君上楼。班主找景录将军，副官涞君回房。

3. 妓女到达，找三楼 B 房的副官涞君。

4. 卖扇女到达，找三楼 B 房的副官涞君；副官田武出门。

5. 景录将军送戏班班主下楼；副官田武回到山雪里。

6. 景录将军和副官田武一同上楼。

7. 黑帮头目到达，找景录将军。

8. 暗探跟踪黑帮头目上四楼。

9. 景录将军倒下。

10.暗探追着黑帮头目从窗户离开，期间景录将军的房门是
　　关闭的。

　　徐若剑看了看罗列的所有角色道："显然这个妓女和
卖扇女的行动是有问题的，案情介绍只讲她们进了楼，却
没有关于她们离开的描述。"

　　"是的。"萧长风点点头表示赞同，却又疑惑地道，"就
算认为她们是杀手，但她们并没有下手的能力和时间啊。
景录将军整个下午的行动都很紧凑，不是在接待客人，就
是在做接待客人的准备，他不可能放一个女人进门，而且
景录将军是正面中刀一刀毙命，这也不像是女人能做到的
事情。"

徐若剑摇了摇头道："致命伤说明不了什么，毕竟按照暗探和黑帮头目的说法，最后时刻景录将军已经是昏迷倒地的状态。如果凶手不是黑帮头目，那么黑帮头目是最后一个接触景录将军的人，如果有人要在此后刺杀景录将军，那么昏迷的景录将军显然没有任何反抗能力，谁都可以将其一刀毕命。"

萧长风更加疑惑了："如果说任何人都能杀掉景录将军，那么此时从外面进入一个纯粹的外人把景录将军杀死似乎也是可能的，若如此，在这个故事里的所有角色就都没有价值了。"

"不不不，"萧长风又立即否认了这个可能，"时间不够。而且外人也不可能做到及时到达现场——暗探追击黑帮头目只用了不到 10 分钟，等他回到现场，警察已经封锁了山雪里。也就是说，从景录将军倒下到山雪里被封锁，只花了 10 分钟左右，如果有人在这个时间从外面得知山雪里没人并且景录将军倒在地上，因此上楼杀人再离开……太难了，几乎不可能，而且暗探明确肯定自己追过去时关了景录将军的房门……如果是这样，那么凶手只可能是黑帮头目啊。"

徐若剑问道："你认为凶手是黑帮头目的原因，具体来说都有哪些呢？"

萧长风扳着指头列举道："首先，楼道里是不能藏人的。从暗探看到活着的景录将军往后，楼道里就时不时有人进出，甚至有时是两人共进同出，或者你进我出，期间没有任何异常去证明楼道里躲着人；待暗探上楼时，可以确定楼道里肯定没有人，暗探看到房间开门，听到里面从低声谈话到大声争执，说明此时景录将军还活着。再往后，暗探进门时关上了房门——可能是为了保护现场吧——暗探和黑帮头目从窗户离开，再到警察封锁了整栋楼，其间如果还能另有刺客，那么这个刺客是如何进入房间的呢？门是关着的，唯一的钥匙在死者手上且确定只有死者使用过。爬窗户？任何人都能看到，而且几分钟是绝不够一个人仅仅利用一根排水管就爬上四层楼上窗户的。"

"其次，如果说刺客另有其人，就只可能景录将军在暗探听到谈话之前已经死了，暗探听到的其实是刺客和黑帮头目假装的谈话和争吵。且不说这么做有什么价值，就算真有什么特殊内幕，剩下的几个人中，副官田武已死，且背部中刀，说明他是被杀的，不可能是杀人后再自杀；剩下的两个都是女人，如果她们是刺客，但是暗探听到的却是两个男人在谈话和争吵。最后唯一可能的就是那个轶岳格将军的副官涞君了，但他的工作量决定了他也没时间去杀人，显然也不可能叫妓女来干点什么……"

说到这里，萧长风突然灵光一现道："会不会有一种可能，凶手不是别人，就是那个暗探。他冲进去的时候景录将军还活着，他杀了景录将军再追出去，最后嫁祸给黑帮头目？我觉得这个推测或许更靠谱！"

徐若剑失笑道："哪里靠谱了？你这压根儿就是纯粹的脑洞大开。"

推理

篇

被徐若剑这样一说，萧长风失望地垮下了肩膀，郁闷地说道："果然，靠猜测是不行的……"

徐若剑摇了摇头，说："说了多少次了，要进行案件分析，那么分析的过程就要从实际信息中来，到合理推断中去。不严谨的猜测只会让你越走越远。"

"这个故事整个就一段视频而已，本身就不严谨。"萧长风耸了耸肩。

徐若剑拍了拍萧长风的肩道："这就需要我们将思路打开，再依靠已有的信息进行甄别和研判。"说着徐若剑拿出了一张白纸，像课堂提问一样对萧长风道："暂时不要想这是个视频、故事和发生的背景等，回到案件本身。我们看到一个案件，首先要确定这个案件的基本性质，那么这个案件有哪些基本性质和特征呢？"

萧长风摸着下巴思考道："基本性质……首先，案件性质是他杀案件，这应该没有疑问。死者有两人，均为成年男性……其中一人体内有麻醉药，另一人没有提到，那就先当没有吧……从已知的信息看，现场没有财物遗失，不是图财。案发现场的情况……谋杀？没有证据……激情杀人？好像也说不通……嗯……以视频给出的线索，我无法判断作案动机。"

徐若剑在纸上写下"死者"两个字，又在后面写下"景录将军""田武"两个名字，随后问道："当我们在临近的时间、地点、环境等情况下发现两名及以上的死者时，第一个要考虑的是什么？"

萧长风下意识地道："串案和并案！"

徐若剑点了点头，说道："那么，这两起案件是否可以串并案呢？"

"可能不行。"萧长风摇了摇头道，"这两起案件不符合串并案要求。被害人虽然是在差不多的时间内死在山雪里的，但中刀的位置不同，在时间和地点方面……也不好确定是同一个凶手所为；我认为，他们是在同一时间被两个不同的凶手杀死的可能性更大。"

"没错。"徐若剑颔首道，"那么，你能不能告诉我，我们要找几个凶手，怎么找？"

"要找的应该是两个凶手，其中一个杀死了景录将军，另一个杀死了副官田武。"萧长风肯定道，"姑且不谈景录将军。要杀死副官田武的话，还是要从刺客可以进入副官田武的房间这个点来考虑；毕竟故事里说，所有房间的钥匙都在房间主人手里。"

说着，他翻看了一下前面的笔记道："从当天下午所有人的行动顺序看，要进入副官田武的房间杀掉他……显然这个妓女的嫌疑最大——她是在副官田武出去之前到的，进入山雪里之后就没有出去。从卖扇女和副官田武擦肩而过时发生的拉扯看，副官田武显然是个好色之徒，以妓女身份进入其房间是可能的……此后副官田武出来又回去，其间妓女一直不知所踪，她完全可以等副官田武买完水果回去后，从背后偷袭刺死对方。从男女的身形差异上看，她这样选择也非常合理。"

顿了顿，萧长风继续完善自己的推论道："戏班班主和黑帮头目都明确去了景录将军的房间，副官涞君一直在修改和校对发言稿，没有足够的时间去埋伏和刺杀副官田武。卖扇女上楼的时间是副官田武出去的时间，她此时上楼进不了副官田武的房间——如果副官田武离开时锁了房门。副官田武回来时又和景录将军上了四楼，其间没有任何信息显示楼道有人，副官涞君如果没有见过任何女人，如果妓女也没有进入副官田武的房间，那么妓女不可能一直待在走廊等副官田武回来。所以从时间上看，能有时间和身份进入副官田武房间的，只有妓女这个角色了。"

"很好，这个推断成立。"徐若剑点了点头道，"那么基于这个推断，我们又可以知道什么？"

"什么知道什么？"萧长风闻言露出茫然的表情。

徐若剑微微一笑，在纸上简单画了几个格子，代表着整个山雪里的房间，并将妓女两个字写在了二层副官田武的房间里。

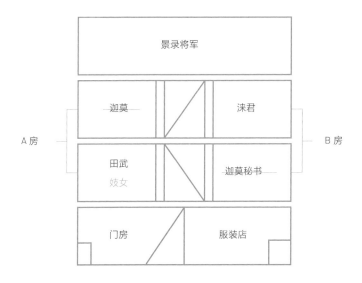

景录将军

迦莫　　　　　　涞君

A 房　　　　　　　　　　　　　　　　　　B 房

田武
妓女　　　　　　迦莫秘书

门房　　　　　　服装店

"我明白了。"萧长风看着这个简图恍然大悟道,"因
为所有房门的钥匙都在房主手里,因此从理论上讲,迦莫
及其秘书的房门是无法打开的;如果妓女在副官田武的房
间里,那么副官田武离开时进入山雪里的卖扇女就只有景
录将军和副官涞君的房间两个去处了!"

徐若剑点了点头道:"当然,也有可能是卖扇女上楼
后妓女给她开了门,让她进了副官田武的房间。如果这两
人已经如此熟识,就没有必要前后分开进来,直接同时以
妓女身份或其他身份一起来就行。如果卖扇女想用自己的
身份哄骗妓女开门,且不说她是如何在妓女登记三楼 B 房

的情况下知道妓女在二楼 A 房的，就说妓女既然原本准备杀人，就不可能给一个卖扇女开门，因此，她们一定是去了不同的房间，且没有留在楼道里。"

"此时景录将军在接待戏班班主，不可能让卖扇女进入，所以，卖扇女只能进入副官涞君的房间，那么副官涞君极有可能是卖扇女的同伙。"萧长风连连点头道，"对了，副官涞君刻意在房间里一直做修改和校对工作，就是为了证明他虽然在房间里，但没有作案时间，如果他干的'别的'事情仅仅只是给真正的杀手开门，还是完全可能的。"

紧接着萧长风又陷入了困惑："即便如此……卖扇女又是如何进入景录将军房间并杀人的呢？"

徐若剑笑道："要解开这个谜题，你需要完全基于现场环境去进行推论。直接点说，你不能把案发的这栋楼看成一栋固定的模型，其中的人也不能当成游戏里设定好的非玩家角色，而是要把他们当成活人，考虑各种可能性。"

"不是固定模型……难道卖扇女还能有什么灵活机动的方法进入景录将军的房间吗？"萧长风想了想，斟酌了一下道，"不可能啊，钥匙只有一把，就在景录将军的身上，卖扇女没有机会偷到钥匙，景录将军也不会给她开门，她也不可能跟在景录将军和副官田武，或者景录将军的客人背后隐身溜进去……这卖扇女即使有副官涞君掩护，让她无须躲在楼道里，也仍然不可能进入四楼景录将军的房间啊。"

徐若剑指了指自己办公室的门，继续道："我们不考虑这个故事。我问你一个很常见的经验性问题——如果一户人家出现入户盗窃，不考虑爬窗，那么一般小偷有几种进入可能？"

萧长风在刑侦队也干了大半年了，这种基础问题当然张口就来："一共三种——撬锁进入、技术性开锁进入和破门窗而入。当然，还有一种特殊的进入方式，我们称为'闯空门'，等等，难道就是'闯空门'？"

此时他似乎已经想到了问题的关键，连忙翻回时间线的那张笔记去看："原来如此……我明白了……中途有一次是景录将军送戏班班主下楼，戏班班主走后景录将军回去了，因为只是下楼后立刻上楼，从景录将军的角度来说，他是有可能为了方便不关房门的。而这个时间，正好足够在三楼的卖扇女迅速跑进景录将军的房中。但是，卖扇女怎么知道景录将军会下楼送人并且会不关门呢？"萧长风说到这里再次卡住了。

"前面说了，你别把现实当成小说或游戏。对推理小说或游戏来说，所有精妙的行动都必然有严丝合缝的前因后果。但在现实中，很多难以轻易达成的结果，却是同时由预谋和巧合一起制造的。"徐若剑摇了摇头道，"对杀手来说，他并不需要做一桩'不可能的犯罪'，他们只需要在刺杀景录将军后成功撤离，并且让警察无法或者至少短时间无法找到凶手就行了。不进入其他人的房间是因为没有必要，但杀手在考虑行凶的时候，并不会必须设计一个'完全无迹进入受害人房间'的天衣无缝的计划。"

"是的，行刺时间也不是非要在那个时段，毕竟暗探假扮门房工作人员这件事，显然对所有人来说都是意外，所以卖扇女预谋刺杀时也不可能将门房的口供考虑在内……"萧长风思索了一下点头认同道，"我算是明白了。对卖扇女来说，在三楼只是等待和观察，看到景录将军离开后她就迅速上到四楼并寻找适合的埋伏地点——此时她既不知道景录将军是下楼送人的，也不知道景录将军有没有关门，她只是在正常地执行一场刺杀行动而已。如果门关着，那是理所当然的，她或许也做好了快速开锁的准备。只是恰巧看到门没有关，且景录将军很快回到房间这样的巧合情况而已。"

萧长风长长地呼了口气道："后面的事情也就顺理成章了。杀手进入景录将军的房间，不过景录将军很快回来且是和其他人在一起，这种情况是杀手没料到的，于是杀手只好躲藏起来。至于被害人水杯里的麻醉药，可能是杀手放的，也可能不是杀手放的。如果是前者，可能因为杀手原本的计划是制造一场更加安静的谋杀，甚至准备伪装成某种意外；如果是后者，就颇费思量了，这将成为一种特殊的悬念……而黑帮头目去被害人房间，并且暗探也跟踪而至，明显不在杀手的控制范围内，所以她只做了一件事——在所有人离开后，直接动手杀死了躺在地上没有抵抗能力的景录将军。"

"这起案件之所以看起来扑朔迷离、波谲云诡，除了很多信息比较模糊，很重要的一个问题是在相关时段来来往往的人较多，以致留下了很多互相干扰的信息，其中很多情况都是无从查找来龙去脉的。"徐若剑点了点头道，"例如被害人水杯里的麻醉药是谁放的？烟盒里的毒药是谁以及怎么放进去的？戏班班主来找景录将军干什么？景录将军为何要送一个戏班班主下楼？景录将军离开时没有锁门是偶然还是必然？卖扇女和副官涞君是什么关系？妓女是不是真妓女？妓女和副官田武又有什么爱恨纠葛？等等。至少从我们目前了解到的线索来看，这些东西都是无解的，但具体到'刺杀景录将军的到底是谁'这件事，其实线索基本已经齐全了，只是作案动机和杀手离开的方式等案件要素由于交代不够清晰而淹没了，这或许是编故事的人的叙述能力问题，或许是你没有完整地看完故事。"

"还是我说过的那几句话。真实的案件不是推理小说，警察也不是福尔摩斯、奎因、狄仁杰或赫尔克里·波罗那样的侦探，我们更需要的是抓住问题的主要矛盾，同时要允许无法被解释的信息存在，也要允许有不影响案件侦破的谜团。"徐若剑起身看着窗外已渐渐停歇的秋雨道，"最后，我来试着还原一下杀手作案的过程吧……

"考虑到景录将军是武将出身，杀手和他硬碰硬肉搏并不一定有胜算，因此，杀手制订了下毒计划。下毒的人既不能在被害人的房间里逗留太久，又要确保自身的安全，这可能是戏班班主出现的原因。

"或许由于之前唱戏时给景录将军留下了深刻的印象，所以班主的造访不会让人觉得突兀，也会打消景录将军的戒备，让景录将军以为这是他到珑南郡后的一种礼貌性问候。戏班班主带着毒药进入景录将军的房间后，与景录将军攀谈戏曲，相谈甚欢之际，景录将军去了卫生间或去了卧室拿什么东西，以致出现了戏班班主独自留在客厅的情况，戏班班主利用这个空当，拿出早已准备好的毒药、麻醉药分别放进了景录将军摆在茶几上的香烟和茶水里。戏班班主下完药后，他的任务就完成了，于是合理退场，由其他同伙继续后续的刺杀行动。

"当景录将军送戏班班主到山雪里门口时，扮演妓女的杀手登场了。三楼的副官涞君和杀手是一伙的，因此，妓女才在登记时说是去三楼 B 房。妓女原本打算窝在副官涞君的房里伺机而动，这里不仅可以让她不用在楼道里躲藏，也是离景录将军最近的地方，可以较为方便地观察到四楼的动静，为刺杀景录将军做充分的准备。

"可是当妓女进入山雪里时却遭遇了一个意外，在上楼时她碰到了好色之徒副官田武。田武或许挑逗了妓女，正是这一意外相遇，让妓女瞬间决定改变刺杀计划，副官田武因此葬送了自己的性命。

"原本打算去副官涞君屋里躲藏的妓女可能意识到，好色的副官田武看见自己之后，肯定会特别关注自己的行踪，甚至还会到副官涞君这里纠缠，极有可能因此破坏了此次行动。于是妓女改变计划，顺着副官田武的邀请去了他的房间。待副官田武接到通知离开房间去找四楼的景录将军时，妓女迅速来到三楼敲开副官涞君的房门，把自己的想法告诉了他，然后继续躲回副官田武的房间。副官涞君得知出现了变故，于是赶紧走到阳台打开了窗户，用事先约定的暗号通知了卖扇女。

"如果田武去了景录将军的房间并在其中待的时间

足够长，那么妓女通知副官涞君，然后涞君通知卖扇女，都有足够的时间，毕竟从妓女进入山雪里到卖扇女上楼遇到副官田武差不多有1小时。

"卖扇女接到副官涞君的通知，赶紧来到山雪里，恰好遇到了按照景录将军吩咐下楼买水果的副官田武并与其发生了纠葛，而后进了副官涞君的房间。副官涞君继续修改和校对发言稿，卖扇女则在房门口关注着屋外的动静。

"果然，副官田武心里惦记着那个进入山雪里的妓女，买了水果就匆匆回来，在山雪里门前正好碰到送戏班班主的景录将军，便和景录将军一同回到山雪里。他陪同景录将军走上四楼，将买来的水果放在房间的茶几上之后，就迫不及待地拿着装水果的袋子下到了二楼。所以才会买来的水果在四楼景录将军的房间，装水果的袋子却出现在二楼副官田武的房间。

"趁景录将军送戏班班主下楼的机会，躲在副官涞君房间里的卖扇女迅速从三楼跑进了四楼景录将军的房间藏身并准备行刺。不管此时景录将军是否关门，进入房间对于作为刺客的她并非什么难事。

"不多时，卖扇女还没有找到恰当的行刺机会，而黑帮头目却来到了景录将军房间，两人落座后，景录将军随即喝了被戏班班主下了药的茶水，两人交谈几句便发生了争执，药物起效后，景录将军随即倒下。尾随的暗探正好听到了景录将军倒下的声响，便闯进门去，黑帮头目在惊慌失措中错误地判断了暗探的身份，于是从阳台窗户逃跑，暗探开了一枪但没有打中，随后上前去追。

　　"正是这响亮的一枪，提醒了卖扇女和二楼的妓女。卖扇女从藏身的房间——也许是卧室，也许是浴室——蹿出来，对着倒在地上的景录将军就是一刀；正面的一刀准确地插在心脏上，让景录将军瞬间毙命，卖扇女迅速从楼梯逃离山雪里。假装妓女的刺客趁着副官田武被枪声惊起之时，从背后一刀了结了他的性命，之后迅速开门下楼，恰好因为暗探追黑帮头目导致门房没人，她顺利离开。副官田武也许本来并不在刺杀名单中，只因为好色而丢了性命。"

徐若剑一口气说完，然后笑着对萧长风道："这只是根据你叙述的故事梗概进行的作案过程的推论，只能算是一种依据推理的'构思'，并不一定就是事实的真相，但这个构思应该是合理的。"

逻辑
解析

　　这个案件的核心是信息凌乱和庞杂，大量的实际上没有价值的信息淹没了可供侦查研判需要的线索——两名死者，一刀毙命、麻醉药、毒药等多种作案手段和众多相关、不相关的人物，让整起案件看起来眼花缭乱，但如果只是"找凶手"，案件信息其实是足够的。

　　本案案情分析中用到了较多的假言判断。假言判断也叫条件判断，就是断定某一情况的存在是另一情况存在的条件的复合判断。假言判断之间讲的是条件联系，断定的是条件与结果之间的关系。

　　在案件分析中，侦查员必须从已知的结果出发去追溯未知的原因或条件，所以，侦查员必须大量使用假言判断，这就决定了假言判断是侦查实际工作中使用最多的一种判断方法。

上述案例信息凌乱和庞杂，大量的实际上没有价值的信息淹没了可供侦查研判需要的线索，此时，侦查员可以利用假言判断，以假言推理帮助案件分析。

» 根据上述案例的信息，可罗列出相应的假言判断

1. 充分条件假言判断

　　如果副官田武是好色之徒，那么妓女就可能进了田武的房间。如果要在景录将军的香烟和水中下毒，那么必然进入了景录将军的房间。

2. 必要条件假言判断

　　只有与副官涞君是同伙，卖扇女才会躲进副官涞君的房间。只有副官涞君与卖扇女是一伙的，卖扇女才可以躲藏在副官涞君的房间。

» 根据上述假言判断，罗列出相应的假言推理

1. 充分条件假言推理肯定前件式

　　如果副官田武是好色之徒，那么妓女就可能进了副官田武的房间；副官田武是好色之徒；所以，妓女可能进了副官田武的房间。

2. 充分条件假言推理否定后件式

　　如果副官田武不是好色之徒，就不会调戏女人；副

官田武调戏了卖扇女（与卖扇女擦肩而过时，趁机捏了她一把）；所以，副官田武是好色之徒。

3. 必要条件假言推理肯定后件式

只有与副官涑君是同伙，卖扇女才会躲进副官涑君的房间；卖扇女躲进了副官涑君的房间；所以，卖扇女与副官涑君是同伙。

4. 必要条件假言推理否定前件式

如果要在景录将军的香烟和水中下毒，那么必然进入了景录将军房间；景录将军的香烟和水中均被下毒；所以，凶手必然进入了景录将军的房间。

其实，以上推理都不具有绝对的必然性，但却是合理的推论。

» 根据以上罗列的假言推理，可以对整个案件提出如下假设

某个政客不想再争取景录将军了，于是下达了刺杀令，但是考虑到当时的政治环境，为了不让利益集团被动，就只能采取暗杀的形式。力求在神不知鬼不觉的情况下让景录将军被刺身亡，而又不暴露凶手身份，于是就策划了这起由几个人共同完成的刺杀行动。

按照案例中列举的假言判断，通过假言判断的条件与结果的关系进行推理，是我们构思出上述作案过程的依据。于是，有嫌疑的下毒者戏班班主案发时不在现场；配合杀手藏匿的副官涞君一整天都在房间中忙上司交办的工作，没有作案时间。妓女在副官田武房间，不仅打消了其对妓女行踪的猜忌，且制约了他的活动，让刺杀景录将军的行动更加顺利，其次还可以顺带将其杀死；卖扇女藏匿在副官涞君房间，等候时机刺杀景录将军。在刺杀之后，卖扇女和妓女趁乱顺利逃离现场。如此，身份明显的嫌疑人去掉了嫌疑，具有重大嫌疑的两名女子又身份成谜，黑帮头目则极有可能成为顶缸者，这个刺杀计划也还算不错；只是，不好解释的是黑帮头目的到来，究竟是刺杀计划中的一环还是适逢其会，使其成为这个"构思"的一个谜团。

虽然萧长风叙述的内容有许多信息的缺失和不确定，整个作案过程只能通过推测构思，不具有必然性，但仍然具有其合理性。

案件推理过程中，假言判断及其推理是使用最多的思维形式，通过假言推理提出侦查假说，是侦查活动得以继续深入的关键。侦查假说是科学性和推测性的统一，存在于整个侦查活动的始终。在侦查之初，侦查员要在现场勘查和初步调查之后做出案情分析；在侦查活动中，要对有关案件要素的侦查提供有效的引导，拟订侦破计划并付诸实施。使侦查工作有明确的方向和范围，是提出侦查假说的目的，是侦查人员破案中不可缺少的一种智力手段。

虽然侦查假说是一种非常重要的侦查逻辑方法，但它是一个或然的推理结论，结论的或然性决定了推理结果需要验证。所以，侦查假说由侦查假说的提出、侦查假说的否定和侦查假说的验证三个部分构成。

　　侦查假说的提出由相关判断及其推理共同完成，这不仅需要假言判断和假言推理，还会涉及其他的判断与推理；侦查假说的否定则需要结合事实依据、科学依据、相关经验等知识来完成，侦查假说的否定其实是侦查验证参与共同完成的过程，在否定的过程中，不符合事实依据、科学依据、相关经验等知识的侦查假说被否定，而未被否定的侦查假说就成为侦查开展的方向。未被否定的侦查假说要通过不断的检验，用大量的事实证据进行印证，才能使其接近"必然为真"。这样的侦查假说一旦得以证明"确实为真"，则相关案件便能真相大白，这个过程就是侦查假说的验证。因此，侦查假说在侦查工作中并不是一个单一关于案件最终真相的假设，而可能是大量的、复杂的甚至是重叠的关于若干案件要素的多个假设，只有当所有的关于案件要素的侦查假说都被验证为真，该案件才能算最终告破。

第陆　章

谁在说谎

　　徐若剑在见到进门的萧长风时惊讶地问道："小萧，你这是怎么了？你们警队有大案了，怎么那么大两个黑眼圈？"

　　"嘿嘿，不是加班，徐教授，"萧长风不好意思地低头笑道，"恰恰相反，我昨天没啥事，就去和朋友们玩了次剧本杀。结果玩了通宵，到今天还有点精神不振……惭愧惭愧……"

　　徐若剑也听学生和一些年轻老师提到过剧本杀，但并不太了解，只知道最近几年挺流行的。于是，他有些好奇地问道："我经常听到年轻人说剧本杀，那到底是个什么东西，好玩吗？"

　　"其实就是一种桌面推理游戏，几个人扮演某个案件里的角色，然后去破案。我不是警察学院毕业的吗，昨天就是一帮高中同学非要拉着我去玩，而且是玩一个超级难的刑侦推理的本子。"萧长风一屁股坐在沙发上，拿出笔记本道，"唉，我感觉就是通宵加了个班，还是同事和上司都特别莫名其妙、案子也特别离谱的那种加班！"

"那确实不是一个愉快的经历。"徐若剑哈哈一笑道，"不过，如果作者是外行，却能写出一个让你感觉像加了个班的剧本，也算有水平，至少某些情节和侦查实际有相似之处。"

"确实，剧本杀的圈子里对那个剧本评价挺高的，对非专业的人来说，大概很好玩吧。"萧长风先点了点头，然后又摇头道，"说实话，虽然如您所说某些情节与侦查实际有些相似，总体来看差别还是非常大的。在实际的案件侦查中，如果真的遇到剧本杀描述的那种恶性凶杀案，在只有这么两三个嫌疑人的情况下，就直接进审讯室了。大部分嫌疑人是既无法应对经验丰富的侦查员，又很难扛得住法律的威严氛围的，往往只靠审讯就能得知一二，感觉根本不需要进行那些细致入微的推理。"

接着他又继续抱怨道："但玩推理游戏就不一样，玩家只是扮演这个角色，他们根本没有真正的凶手面对警察和法律时的那种心理负担，也没有对于作案过程的真实记忆，完全不吃审讯那一套，纯粹依赖思维和推理，太'烧脑'……害得我凌晨回家睡觉时做梦都还在看线索卡……你看这不就成今天这样了！"

徐若剑闻言一笑道："锻炼思维能力不正是你需要的吗？看来这种游戏很适合你呀，有空可以经常去玩玩，但也没有必要把自己折磨成今天这样……嗯，你刚才提到了一点，说在侦查中只要嫌疑人范围足够小就不需要推理，只需要审讯就能解决问题。对此，我并不赞同，虽然很多案件可以靠审讯来辅助案件侦查，但如果过度依赖审讯，甚至寄希望于'虽然我不知道真相，但可以吓唬出个真相来'，那么离把案件'煮成夹生饭'甚至侦查失败的结果可就不远了。"

"要注意，作为警察，不仅要寻找案件真相，我们的侦查结果还要受检察院的监督；如果证据链不完整，推理不严谨，理由不充分，就算到了法院的审判环节，也是要发回补充侦查的。"说着，徐若剑的面容渐渐严肃起来，"同时，公安机关的侦查结果不仅决定着侦查员个人的工作业绩，更关系着若干当事人以及他们的家庭，乃至他们亲朋的命运。因此，从某种意义上讲，把案件'煮成夹生饭'，或者侦查失败都还不是最糟糕的结果，我们最怕的是由于侦查员的随意与疏忽而制造出冤假错案。"

萧长风有些心不在焉地点了点头。

徐若剑见他还是有些不以为然，想了想，从书架上拿出一份案卷说："说到这里，我们今天就来看一看这个案例吧。"

萧长风忙振作精神，拿过案卷仔细阅读了起来。

这是一起貌似简单的杀人案，却因为两位关键证人不统一的证言而让案件变得扑朔迷离。

案发地点是 S 市迎春公园旁一家名为"Doux rêve."（法语：甜美之梦）的甜品店，报案人是这家店的店主兼厨师，报案时间是周三 16:17。

　　店主称，她的店里只有她和服务员小美两个人。服务员小美是附近大学的一名大二学生，来店里兼职打工。小美每周来四天，其中周末两天全天工作，其他时间自由选择过来工作两个半天。

　　店主曾经前往法国专门学习西点制作，回国后开了这家甜品店，只做正宗的法式甜品。因为店里的甜品价格奇高，"传统法式甜点"又不符合当地居民的口味，所以店里的生意只能用门可罗雀来形容，不过店主还是一直为了"梦想"而在努力坚持。

这家店每天的营业时间是10:00—20:00。也许是因为经营状况的压力，店主最近半年开始让服务员小美兼做一些发传单和站在门口招揽客人之类的宣传工作。

被害人是小美同校的大学同学，也是店里的老主顾，并曾经和小美是情侣关系。后来两人分手了。分手后这个男孩便再没来过这家店，直到出事这天。

店主回忆，当天下午她原本正在后厨整理货架，听到门口迎客的风铃声响起便赶紧从后面出来，随即见到被害人独自走进店里，坐在靠门的座位上。

被害人点了一份法式甜点"舒芙蕾"。这种甜品需要用煎锅现做，由于店里生意不好，面糊什么的只能现调现配，需要花比较长的时间，店主给客人上了一杯茶，让对方耐心等待，然后就进了厨房。

店主非常肯定地记得，客人进入甜品店时，她透过店铺的玻璃门清晰地看到了服务员小美穿着制服站在店门口的背影。当天店主给小美安排了在店门口揽客和发传单的工作，加上小美和被害人之间的尴尬关系，所以，店主完全理解小美没有进来接待客人的行为。

店主进入厨房后就开始专心制作甜品，快要做好时，只听外面有人在大声呼喊："老板，老板在不在？你家出事了！"

店主连忙洗手跑到前面，就看见被害人一动不动地趴在桌子上，桌上有一大摊血迹，服务员小美歪倒在地上也失去了意识。呼喊的人是隔壁五金店老板，他在路过甜品店时通过玻璃门看见了倒在地上的服务员，这才冲进来呼喊。

店主连忙报警并拨打了 120，警察很快到达现场，发现被害人已经死亡，死因是中毒，但桌面上有许多红色的血样污渍。

医生赶到后，小美也很快恢复了意识。她自述有晕血症，看到血和类似血的东西就会晕倒，但不会有什么后遗症，也不需要去医院检查或住院。

确定小美的身体情况良好以后，警察对小美进行了询问。让人意想不到的是，小美对于案件的陈述和店主的陈述完全不同。

据小美说，她下午到店后和店主打了招呼，换了制服就带着宣传单出了店门，在附近来回走动着发放宣传单，当然，主要还是站在店门口揽客，但除了一个来问路的路人，根本没有人理会她。

小美回忆说，她帮路人指完路刚回到店门前，自己的前男友也就是被害人就来了，但他并非独自前来，而是和另一个陌生男人一起走进店里。自己带他们进店后没有看到店主，她给两人倒了茶并询问他们需要点什么。和被害人一起来的那个男人表示还要等人，暂不点单。因此，小美没有去找店主，而是在店内的角落里坐下。

其间，小美亲眼看见和被害人同行的那个男人将一些粉末倒进了被害人的杯子里，被害人没有拒绝且直接一口喝下，随后被害人吐出了一大口"血"。小美因为晕血，在那一瞬间就晕倒在地，再醒来时，警察和医生就已经都在场了。

经过检查，被害人确实是中毒身亡，但中毒并不会导致吐血，被害人也并没有吐血。经检验，桌子上的红色液体是绘画用普通红色水粉颜料。警方在店铺收银台的柜子里找到了空的颜料瓶，但上面并没有指纹。

被害人的口腔里也有残留的颜料水，这显然很不寻常：因为水粉颜料通常是呈膏状的，味道也比较特殊，不可能误服。因此，警察怀疑被害人在中毒死亡后，有人将颜料水灌进被害人的口腔，不过这个结论和小美的陈述明显产生了差异。

在进一步的调查中，警察发现甜品店的店主和被害人也并非毫无关系：在小美和被害人恋爱期间，被害人经常来店里，和店主也逐渐熟识。店主还向被害人借了一笔钱，用来维持甜品店的正常运转，目前这笔钱已临近还款期限。因此，警察推测被害人此次来店里正是为了催债。但甜品店经营状况不佳，一旦归还借款，店铺就会立刻关门大吉。

警方了解到，这些年店主为了出国读书以及开店，已经将自己和父母的积蓄全部掏空，并一直对父母谎称在城里过得非常好，开店非常赚钱等……一旦还钱，这些谎话就会被戳穿。

另外，警察从小美的同学那里了解到，小美确实有晕血的情况。晕血症是一种心理性疾病，许多晕血症状会随着认知和环境的不同而有所改变。比如小美看到同学受伤流血时会晕厥，但如果小美看到有同学在手上涂抹红色指甲油则不会昏厥，因为小美知道"那个红色的是指甲油"。

最后一个出现在现场的五金店老板在被调查时只说得出自己看到的现场情况——女服务员躺在地上，被害人趴在桌子上，桌子上有大量红色液体和一个翻倒的一次性茶杯（店里一直提供这种一次性茶杯），翻倒的茶杯上并没有发现服务员和被害人以外的其他人的指纹。

　　看完了案卷后，萧长风陷入了长时间的思索。过了很久，他才皱着眉开口道："这份案卷里涉及的嫌疑人确实非常少，实际上就只有两个关键的嫌疑人——甜品店的店主和服务员小美，而她们的说法确实出入很大。"

　　萧长风看着案卷继续道："两人都有一定的作案动机——店主固然是为了钱；小美和被害人分手的内情不得而知，很可能并不愉快。但从可能性上说，店主的还款期限还没有到，被害人甚至可能此前也没有来催过债，在这种情况下直接暴起杀人似乎有点说不通；而小美呢，从案卷来看，她和被害人分手也有一段时间了，当时都没有闹出什么事情，过了一段时间突然在自己兼职的店里把对方杀掉也不太合理。"

　　徐若剑点了点头道："确实如此，所以你的看法是什么呢？"

"我认为关键在于到底谁在说谎。"萧长风想了想道，"显然，如果按照店主的说法，那么嫌疑人有且只有一个——小美。因为不可能有其他人能避开小美的视线进入店内并给被害人下毒。而按照小美的陈述，则可能是店主伙同他人一起作案，并栽赃了小美。"

徐若剑道："那么，你认为这起案件是否如你前面所

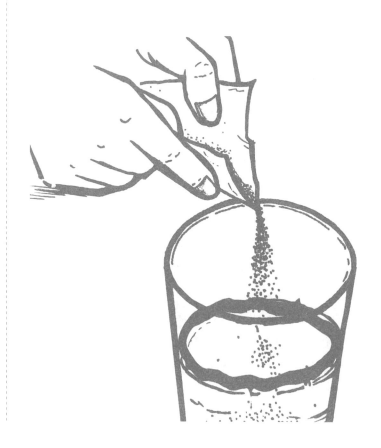

说，可以靠审讯得出结论呢？"

"我觉得可以。"萧长风点了点头道，"从案卷上看，两个人都有说谎的可能，也都有说真话的可能。如果这是一个真实案件，那么此时就把两个人分别带走进行审问，一般依靠侦查员的经验就能确定到底谁在说谎。"

徐若剑并没有反驳萧长风的话，只是顺着萧长风的意思道："如果审讯时两人均一口咬定自己没有说谎，而侦查员也确实看不出来，那怎么办呢？"

萧长风皱着眉头说道："应该不会出现这种情况。这两人都是普通人，也没有案底，不可能有什么反侦查经验。如果完全不依赖审讯，单靠案卷上的内容进行推理，我觉得小美说谎的可能性更大——无论如何，水粉颜料是不可能混在普通的茶里被喝下去的，而且要伪装成那种血红色，再做到现场那么多的量，对浓度和分量的要求都很高，小美形容的那种情形似乎不可能产生现场的那种效果。"他又仔细看了看案卷，最后勉强道，"当然，也不是完全排除店主。毕竟小美打工那么长时间，她晕血这件事是尽人皆知的，店主也很可能利用这一点。在小美昏厥后，店主有充足的时间伪造现场，导致现场和小美描述的不符。所以，两个人都有可能说谎。"

说到这儿，萧长风叹了口气道："完全靠推理我实在很难分辨，这说谎的到底是店主还是服务员小美……这案卷给的信息也太少了。"

推理

篇

　　"既然你分辨不出来，就跟着我的思路重新分析一下。有一点你说得没错，这份案卷和我前面给你分析的那些案卷不同，这份案卷不仅给的信息比较少，而且有点模糊。"徐若剑见萧长风沮丧的样子，忍不住笑了笑，伸手拿过案卷道："这也是案件侦查的常态。绝大部分案件的核心信息，并不一定会在接触案件之初就出现，很多时候需要我们通过侦查逐步地抽丝剥茧，对可能涉及核心信息的蛛丝马迹进行深入研判，才能发现举足轻重的关键信息。而侦查员常说的'夹生饭'，就是在这个抽丝剥茧的过程中出现了错误。比如做出错误的判断或疏忽了某些重要的提示性线索，导致侦查时偏了方向，等到发现不对，想要回头时，关键的信息已经随着时间的流逝而灭失了，导致侦查工作的难度大大增加，完全找不到破案方向，甚至长时间被困在原地，侦查工作无法推进。"

顿了一顿，徐若剑接着道："所以，接触案件之初对案情的有效解读非常重要，这往往决定着侦查方向是否正确。在你刚才的分析中，其实已经明确了侦查要点，即两个证人中必有一人说谎，只要找到说谎者，则必然可以认定其与谋杀案的联系。"

萧长风有些得意，附和道："是啊，我就是这样想的。"

"这个想法本身并没有问题，提出的疑问也还合理，"徐若剑摇了摇头道，"但有明显的错误，你的错误在于把希望寄托在审讯手段上，一旦通过审讯无法获得合理的或你想要的结果，你就傻眼了。"

"嗯，您说得对。"萧长风愣了愣道，"刚才您问我如果审讯时两人均一口咬定自己没有说谎怎么办，说实话我有些茫然，我没有考虑过会出现这种情况，毕竟这两人只是普通人而不是惯犯。在我以往的破案经历中，还没有碰到过这样的事……徐老师，那应该怎么做呢？"

徐若剑道："首先，我们要就你前面的分析做出断定。你给出的判断是'要么是店主说谎，要么是小美说谎'，这是一个不相容的选言判断。我先问你，从逻辑理论角度说，这个判断穷尽一切可能情况了吗？"

萧长风想了想道："从理论上说是没有穷尽一切可能的，应该有四种可能情况——店主说谎，小美说真话；店主说真话，小美说谎；店主和小美都说了真话；店主和小美都说了谎。但从实际角度讲，后面两种情况是不可能的吧？"

徐若剑问道:"为什么不可能呢?你应该明白,仅仅是因为证人证言出现差异,并不能说明两个证言就必然一真一假。"

"这……倒也是……"萧长风挠了挠后脑勺道,"两个人的陈述都非常完整顺畅,但是从内容看,这两个陈述显然不可能都是真的啊。如果都是真的,那也太那个……嗯,诡异,太诡异了;但如果都是假的……两个人有必要都撒谎吗?而且是这种奇怪的谎。"

"你这是对于'必然排除店主和小美都说了真话以及店主和小美都说了谎'这个论断的推理。"徐若剑摇了摇头道,"你的这个推理成立的基础在于:第一,两个证人必然对案发过程有着完整的了解;第二,两个证人相互间没有串通。但有事实依据吗?如果没有,那么这个推理就是不严谨的。所以,你将四种可能情况直接排除一半未必是正确的。"

萧长风疑惑地问道:"但是,如果综合考虑所有四种可能,那么接下来的侦查不就更加没有头绪了吗?这样是不是实际上提升了侦查的难度?"

"如果来个'四头并进',当然会增加侦查的难度。"徐若剑点了点头道,"所以必须进一步解读案件信息,只是不能像你前面那样仅仅依靠经验和猜测,而是要进行严谨的推理。"

萧长风思索着道:"进一步解读案件信息……应该如何着手呢?"

"你可以试着以'两人都没有撒谎'作为前提进行推

理。"徐若剑指了指案卷道，"我对你说过，只有真相才能破除谎言——只要把两种陈述与客观事实进行准确对比，就能得知到底是谁在撒谎。"

"这两个人的陈述天差地别，不仅在关键问题上，而且对很多细节的陈述都差异很大。"萧长风再次仔细翻看着案卷，皱眉道，"……这压根儿就不是'谁在哪一点上说了谎'的问题，而是整个陈述都不对劲，但要说店主和小美的陈述到底哪一点不对劲，好像又说不出来……"

"没错。"徐若剑道，"这正是仅仅依靠经验时经常遇到的问题——经验和本能可能会告诉我们有些地方有问题，但没有恰当的判断和严谨的推理，你很难找到问题所在。如果完全凭运气、凭感觉去猜，极有可能误入歧途。"

"小萧，你再想想。"看着完全沉浸在思考中的萧长风，徐若剑不禁满意地点了点头，继续启发道："在侦查中，证人的证言如果不是或不完全是事实，原因只有'撒谎'这一种可能吗？"

"当然不是。"萧长风闻言果断地摇头道，"如果证人是普通人，在案件发生时，完全可能因为视野、经验、认知的偏差等各种因素做出错误的判断，从而导致证言失真……就像您曾经举的例子，A 胸口被刺后插着刀跟跄逃走撞到了 B，B 下意识推开了 A，A 随后倒地死亡，证人 C 见到了'B 推 A 后 A 死亡，倒地时 A 胸口插着刀'的情景，于是主观地把 A 的死和 B 的动作联系在了一起，得出'亲眼看到 B 捅死了 A'的结论，从而做出了错误的证言，但 C 并没有撒谎的故意，只是出现了认知偏差。"

"考虑到各种情况，姑且抛开这个案件中两个陈述不一致的部分，只看其中一个陈述，我们会发现什么呢？"徐若剑颔首道，"先来看店主的证言吧——她的证言中有哪些有价值的信息？"

萧长风思忖了一会儿道："店主说被害人是独自前来的，进店就座后点了'舒芙蕾'，店主倒了茶就去做'舒芙蕾'了，再出来时案件已经发生了……这几句话倒是说得足够清晰——店主不知道太多信息，她只是看到被害人进店，再次看到被害人时，被害人已经死了……如果只考虑店主的陈述，那么我会去关心店主做这个所谓的'舒芙蕾'到底做了多久，这能帮助我确定被害人的死亡时间。"

"不是可以上网搜索吗？"徐若剑伸手指了指萧长风的手机说，"这一点你现在就可以查。"

萧长风恍然，网络搜索很快给了他一个结果，看着网页上的内容，萧长风有些惊讶："这东西看起来简单，做起来超乎寻常的麻烦啊……面糊的材料就有很多种，黄油要软化，面粉要筛进去，然后要煮沸牛奶，还要把所有材料煮到黏稠，其间要一直搅拌……最后还要用搅拌器打发，再搅拌……放入容器，然后要烤20分钟！"

估计了一下，萧长风惊讶地说道："案卷里提到，因为店铺生意不好，所有材料都是没有预制的，面糊也是店主现调的……就算店主是熟练工，但她是那种很理想化的、只做'传统法式甜点'的厨师，那么这个店主做这个'舒芙蕾'，我觉得需要1小时左右……至少也要45分钟吧，毕竟仅是进烤箱烘焙都要烤20分钟，此前还有那么多搅拌打发之类的步骤，都是需要时间的。"

萧长风喘了口气接着道："这样算来，店主有将近 1 小时的时间其实都没有见到被害人，如果凶手是服务员小美，她显然有充足的时间来伪造现场。"

"好，那么我们基本确定了店主声称没有看到被害人的时间到底有多久。"徐若剑没有反驳萧长风的推论，"现在我们来考虑第二个问题，如果店主说的是真的，那么嫌疑人会是谁，作案过程是什么呢？"

"看来，只能是服务员小美。"萧长风试探着道："作案过程应该很简单。小美凭借服务员的身份给被害人下毒，等被害人死亡后再伪造现场，然后自己假装晕倒就行了……嗯……好像哪里不太对？"

徐若剑问："杀死被害人的毒药放在哪儿？"

萧长风答道："茶里啊。"

徐若剑又问："那谁给被害人倒的茶呢？"

萧长风回答："当然是小……不对，是店主。按照店主的陈述，当时小美背对着店面在发传单，没有进店，但这应该不影响案情分析吧。店主进了厨房，小美完全可以进入店中，然后以添茶之类的借口下毒，这似乎也说得过去。"

"那她又是怎么把握时间的呢？"徐若剑道，"按照你的说法，她不仅要等被害人把茶喝到需要添加的地步，还要在被害人死后伪造现场并且装晕……但点单时她并不在店里，她又怎么知道被害人点了什么，店主会在厨房操作多久呢？"

"喔，对……对呀，她是怎么卡时间的呢？"萧长风想了想道，"可不可以这样假设，也许是小美向被害人推荐的呢？比如在被害人进门前推荐对方点什么？不……不对，两人以前是恋人关系，从分手后被害人再没有来过店里的情况看，他们的分手应该并不那么愉快。如果还向被害人推荐食品就比较尴尬了，这是一种奇怪的行为，难道小美如此敬业？而且小美也没有把握被害人一定会听她的，毕竟被害人此前也来过店里很多次，并不是对店里的食品完全不了解。"

徐若剑笑道："都已经伪造现场了，作案时间却依靠被害人会点什么来推测，肯定是说不通的，而且如果小美此后要借着添茶接近被害人，并给被害人下毒，那么一开始让被害人独自进店的行为也就很异常了。这种行为绝不利于她后面给被害人添茶并趁机下毒……就算要装也该装出尽释前嫌的样子，不是吗？"

萧长风点了点头道："这一点确实很可疑……但这还是无法解释为什么被害人明明是独自进店的，小美却要编造出一个不存在的男人，还声称那个不存在的男人用如此拙劣的手法给被害人下了毒。"

"既然想不通，就说明你的这个结论不合逻辑。暂时把这个想不通的点放在一边，继续思考案情和两人的陈述。"徐若剑道，"现在我们看看另一个人——小美的陈述，她的陈述告诉了我们什么？"

萧长风反复看了看案卷道："按照小美的说法，被害人是和另一个男人一起来的，两人一起坐下，说还要等一个人，也就是说有第三个人。然后，那个陌生男人当着被害人的面给被害人下了毒，被害人没有拒绝且直接一口喝下，随后被害人就'吐血'而亡了，她也因为晕血昏厥了过去……从她的这些陈述分析，那么我会得出'毒药起效很快''毒药造成了被害人口腔出血'和'凶手与被害人很熟但和小美不熟'三个结论……嗯，也许还有'疑似还有一个人'这个结论。"

"在这些结论中，明显与现场不符的结论是什么？"徐若剑问。

萧长风道："是'被害人吐血'这一点，案卷中说被害人口腔里的红色液体和桌面上的红渍都是红颜料而非血，而且实际上'服用毒药就会吐血'本来就只是常见于影视剧的情节而已。"

徐若剑问："那么，这一点是证人撒谎了吗？"

萧长风思考了一下道："也不一定……案卷说颜料味道很奇怪，不可能被茶水的味道掩盖住，被害人如果喝进去了一口颜料也会一口吐出，可能造成'吐血'的效果。如果小美没有说谎，那么一定是被这一幕误导了。那么凶手……也就是那个'陌生男人'到底为什么要拿颜料给被害人喝呢？"

徐若剑又问："拿颜料给被害人喝不合理吗？"

萧长风瞪大了眼睛道："当然不合理了，既然要毒死人，哪有把毒药混在颜料里让人服下的？"

徐若剑再问："那被害人喝了吗？"

"喝是喝了……但是……"萧长风急得直挠头，觉得一肚子想说的话但就是组织不出语言。

徐若剑道："一般来说，如果有人下毒，都是希望被害人喝下的毒药越多越好，所以一般不会把毒药下在臭、苦、脏、怪的介质里。如果毒药确实毒性猛烈或者毒药本就有浓烈的味道，那么选择介质时也会进行相应的调整。从结果来说，被害人确实喝下了茶杯里的东西。虽然从案卷记录上看，我们并不知道警察到达现场后，从翻倒的杯子里检查出来的红色颜料到底是被害人生前喝过的，还是死后被伪造的。仅从小美的陈述和现场的信息看，并没有绝对说不通的地方。"

萧长风不解地道："但两个人的陈述出入很大。"

"这两人的陈述，真的是完全不可能同时存在吗？"徐若剑看着萧长风笑道，"你看这两人的陈述，有没有发现其中有某个很关键的点，一个我们在讨论案件时必须提到的关键点，是有疑义的？"

萧长风努力地想着，口中念念有词："必须考虑的……对于作案手法、作案地点这两点，两人的陈述并没有太大的差异；店主没有看到案发过程，不知道作案手法，而对于作案地点，两人的陈述没有不同……嫌疑人，这是两人证言的最大不同，还有就是……作案时间？"

"好像确实有点奇怪。"他翻了翻案卷，有些疑惑地说，"前面推断过，店主在厨房的时间是将近一小时，而按照小美的说法，从受害人进入甜品店到死亡应该时间并不长……但后来小美晕厥了，这时间就说不准了。"

徐若剑道："你有没有考虑到一个问题——你之所以

认为两人的陈述不可能同时为真，是因为两人陈述的事实发生在同一地点的同一时间，但如果不是同一地点或不是同一时间呢？"

"不是同一地点或不是同一时间……这怎么可能？"萧长风有些惊讶道，"不是同一地点显然不可能，店主和小美不可能看到的不是自己熟悉的店；不是同一时间……应该也不会啊，店主的陈述里明确提到被害人进门时小美在门口。"

"为什么说小美在门口？"徐若剑看着萧长风问。

萧长风道："店主看见了小美的背影……对，她看见的是小美穿着制服的背影，并不一定就是小美本人。门口的小美没有进店，她不进店是不是有点不合理……但那个人还穿着甜品店的制服呢？总不会是正好看错了吧。"

徐若剑笑道："既然你一开始可以推断'店主和陌生人协同作案'，也就是说，已经考虑到有同伙，那么此时为什么放弃这个想法了呢？"

萧长风有点反应不过来："凶手有同伙，这个同伙在当时扮成了小美吗？那么小美本人又去哪儿了呢？小美明确说她到店时和店主打过招呼，此后也没说她离开过啊……不对，小美提到过有人问路，案卷上说'她刚回到店门前，被害人就来了'，这说明她曾经离开给人指路去了，而且离店较远。"

萧长风又挠了挠头，分析道："按照这个假设，要完成作案，首先至少有一男一女，姑且设为 A 男和 B 女吧。需要凶手 A 男先把小美引走，让被害人独自进去，此时 B

女在门口伪装成小美，给店主看到一个背影。店主进入厨房后，B女离开，被害人必须离开店铺一会儿，等小美回来站在店门口后，A男和被害人再一起进店并下毒，等小美因晕血而昏厥后处理完现场再离开……直到现场被发现……但被害人为什么要接受他们的安排呢？也就是说，被害人为什么要离开店？又为什么会和A男一起回来？如何证明A男B女的存在呢？就靠着一个背影吗？"

徐若剑指了指萧长风手中的案卷说道："这里面其实还有一个细节，虽然小美只看到了被害人和一个男人，但他们提到了一句话'还要再等一个人'……从小美的角度讲，她并不知道'要等的人'是一个男人还是女人。"

"哦，为什么被害人会突然来甜品店呢？"萧长风喃喃自问了一句，然后又有些明悟道，"虽然店主确实欠了被害人的钱，但还款期限还没有到，被害人甚至没有向店主提过此事，突然过来要账也有点说不通。如果是带着'朋友'出现，可能性就大多了……如果朋友因故未准时到，使他被动地提前到了……这样就能够完全解释店主和小美两个人的所有陈述。"

"如果上面的推论成立，那么其中还有几个没有直接描述的信息也是我们必须进行解读的。"徐若剑道，"注意A男B女这两个一开始没有出现在警方视野的人。虽然A男被小美明确地形容为'陌生男人'，但B女却一直避免出现在小美的视线里。要完成这套设计，不仅要知道小美晕血这件事，更要确定她会在本周的哪一天来甜品店，以及甜品店的各种基本情况，甚至知道甜品店制服的样式……当然，还有一个'要等的人'，姑且称这个人为C吧，也不知其是男是女，显然有人问路不是巧合，是为了暂时调开小美而事先设计的环节，那么，这个C也许就是问路的人，以问路的方式将小美引离了甜品店。"

"明白了，前面介绍小美的工作情况时提到过，小美在'其他时间自由选择过来工作两个半天'，这个信息太容易被忽视了，纯粹就是一个'坑'。"萧长风叹了口气道，"这一点倒是和'剧本杀'很相似。"

"哦，这个信息说明什么问题呢？"徐若剑有些玩味地看着萧长风。

"说明什么问题？"萧长风咧嘴笑道，"说明那个用背影伪装小美的B女，必然与小美很熟。我看，接下来的工作，就应该是去查查有没有和小美非常熟而又与被害人有某些纠葛的人。"

言罢，他身心俱疲地往沙发上一靠："还说剧本杀'烧脑'，这个三五个人的案子同样'烧脑'，看来没事的时候我真该去玩玩剧本杀，就算当成加班也不错……"

逻辑
解析

　　谬误对于思维的危险在于，它虽然是错误的思维方式，却貌似正确。广义的谬误是指不符合实际的一切认识和言论。狭义的谬误是指违反思维规律、规则而发生的错误、过失、偏差和舛讹等。

　　亚里士多德将谬误分为两类：一类是与语言有关的谬误，另一类是与语言无关的谬误。但是在客观现实中，存在的谬误不计其数。现代逻辑将谬误分为形式谬误和非形式谬误。形式谬误是指违反形式逻辑规则的逻辑错误；非形式谬误是指无法单纯地从检验论证的形式来发现错误，而必须通过其他方式才能发现的谬误。

　　本案出现的就是非形式谬误。以店主与服务员小美的陈述进行比较可以发现其中的不同：店主说到店的只有一个人，服务员小美坚称到店的是两个人。于是店主和服务员小美的陈述产生了明显的差异。二人都站在自己的立场与视角，把亲身经历的、亲眼看到的事件做了清晰而准确的叙述。正是由于这种差异，导致侦查员确认这两人中有人在说谎，因此把注意力放在了两人"谁在说谎"上。当经过案情研判和推理，侦查员发现两人都没有说谎的动机和说谎的事实后，才找到了问题的根源，是侦查员的早期思维出现了谬误。

这个案件是经过作案者精心设计的案件，希望通过当事人错误的认识，产生错误的思维，最后得出错误的结论，目的是既能够顺利作案杀害被害人，又能够引导侦查员产生错误思维，以便更好地隐藏自己。

事先设计"问路"的环节，合谋杀害小美前男友的就是 A 男、C 和 B 女。但案卷并没有交代他们之间是什么关系，也没有交代为什么要杀死小美的前男友。也许这些并不是徐若剑教导萧长风的主旨，也不影响案件的推论，故而存疑。

侦查员通过解读案件、分析案件的已知信息，以推论的结果还原了嫌疑人的作案过程。

B 女以她和小美的关系，知道案发当日店主会按时开店，小美也会在相关时间段去店里上班；于是（A 男或 B 女）就约了被害人去这家店相见（谈事）；C 比约定的时间提前到店并假装问路，将店门口派发传单的服务员小美引向离甜品店较远的地方，这时穿着甜品店制服的 B 女登场，背朝窗户站在甜品店门口，让店主误以为是服务员小美。被害人这时如约而至，他应该看到了站在店门口的 B 女，或许 B 女以某种方式欺骗了被害人，使被害人觉得 B 女在店门口发传单是一件正常的事。被害人进店后，店主就出来接待并且斟茶倒水，被害人点了"舒芙蕾"，店主继而转身回到后厨制作甜品，这样就完成了让店主看到被害人独自而来的情景。而后，A 男通过电话或短信（微信）等方式，以某种借口将被害人叫到店外。

在小美准备返回甜品店时，C 迅速通知了 A 男和 B 女；B 女离开，A 男则陪同被害人返回甜品店。服务员小美刚回到甜品店，A 男和被害人便接踵而至；小美按照接待客人的要求询问二人的需求，被害人因为已经点过单了便看向 A 男，A 男表示还要等人而没有点单，所以就造成了在后厨制作"舒芙蕾"的店主并不知道后来又

来了一名顾客，而小美始终看见的是两名顾客。

A男显然知道被害人和小美的关系，并通过被害人了解到小美的一些情况，于是悄悄和被害人商量要对小美恶作剧，被害人觉得挺有趣便欣然同意，他哪里知道这是为他设计的一场死亡游戏，对方真正针对的不是小美而是他自己。得到了被害人的同意后，A男假装在被害人杯子里下药，然后让被害人喝下，并且将某种红色颜料递给被害人，让其假装中毒吐血。按照二人的设计和表演，小美便看到了A男往被害人杯中下药的一幕，正当小美在犹豫要不要提醒被害人的时候，被害人已经按照二人商量的步骤，将红色颜料喷吐出来。这也是被害人的口鼻上沾有红色颜料的原因。小美被这突如其来的一幕惊吓到了，然后因为晕血当场躺到了地上，而被害人也真的因为中毒而倒在了店里；A男完成了原定计划，起身逃离。

后来隔壁五金店老板看到了中毒的被害人和晕血倒地的小美，才呼喊在后厨制作点心的店主。一切就成了案卷中开始描述的那一幕，店主说来了一位顾客——被害人；小美却说来了两位顾客——被害人和一个陌生男人。

谋杀者成功地将差异明显的陈述交给了侦查员，也同时成功地将难题交给了侦查员。侦查员在进行案件分析时显然无法绕开店主和小美的陈述，大概率会一直在两人到底"谁在说谎"这个问题上纠缠，事实上两人都没有说谎，可是两人的实话却极有可能误导侦查员的判断，这就是思维上出现了谬误。

"结论不相关"是本案侦查员思维上出现的谬误，它是指在论证中，所论证的结论与需要论证的结论不一致，从而导致论证的判断偏离了需要论证的判断的谬误。

思维是人脑对客观事物概括的、间接的反映。"概括的"是指经过人的大脑加工的感性事物，而不是人通过五官收集后的未经处理的信息；"间接的"是指经过人的大脑处理的，不是看到的、听到的直接信息。也可以理解为，我们看到的、听到的不一定是真相。从事物的客观性上看，看到的和听到的都是客观实在的。如果在看到的和听到的上面建立某种联系，让别人看到你想让他看到的，听到你想让他听到的，就会制造出错误的信息，当然就得到错误的结论。

随着社会经济的不断发展，犯罪形式也是迭代更新，反侦查的手段也在不断发展，高智商犯罪的最终目的就是隐藏作案者。因此，作案者会制造出许多虚假的、错误的、甚至有误导性的信息。侦查员需要有效识别谬误，及时调整侦查方向和侦查手段，这样才不至于让犯罪分子牵着鼻子走。

在这个案例中，侦查员需要尝试另一种思路，尽量去理解店主和服务员小美的陈述，假设二人都说了实话，要从更深层次去思考为什么两个人都说了实话却又天差地别，深入研判这样的差异到底是客观因素造成的，还是人为炮制的。

侦查工作遵循唯物主义，因此在同一时间、同一空间不可能出现隔空移物、遁地消失之类的所谓魔法，由此，侦查员应该排除客观因素的原因。于是，人为炮制的因素就变得极有可能，侦查员让店主和小美回忆在事发时间段内有没有出现特别的人和发生特别的事。店主回忆说没有，而小美指路的这段经历就引起了侦查员的注意，这个需要指路的人就具有重大嫌疑，事物之间的逻辑联系就产生了。这个谋划的关键，其实就在于这个最不引人关注的"问路"，围绕"问路"导致小美远离案发现场进行深入挖掘和研判，便可以发现原来产生谬误的根源是人为制造出来的。

归根结底，案例中的店主和服务员小美谁都没有说谎，而是有人刻意制造了时间和空间中信息上的紊乱，造成我们思维上出现了偏差，从而产生谬误。

大千世界，事物呈现的形式是不一样的，同样的事物在不同人的眼中也会展现不一样的姿态。人们总是以为看到的是事实、听到的是真相，看到的事实和听到的真相如果没有经过逻辑思维过滤、甄别和分析，这样的真相就要打上大大的问号。有时是事物本身形态会出现变化，有时是人的视角会出现变化，而有时是人心出现了变化，人们总是愿意接受自己认为的事物的样子，而不愿意接受事物真实的但并不是自己认为的样子，这样不仅破坏事物原本的客观性，更增加了主观认识的风险。

在案件推理中，海量、复杂的案件要素裹挟在一起，呈现凌乱的案件信息，侦查员一定要坚守逻辑思维，清晰、客观、冷静地分析案件信息，而不能简单地认为自己有看到的、听到的客观事实就一定能够进行准确的推理。有的客观事实其实是无效信息，有的客观事实甚至会误导案情研判，侦查员必须坚持唯物主义观，对既有的事实进行逻辑思考，建立正确的案件相关概念、合理的案件相关判断、有效的案件相关推理，将它们构建成缜密的案件要素体系，从而修正思维谬误。

第柒　章

照片的价值

案卷 篇

　　自从大半个月前徐若剑发了一条"有事出差"的短信后，萧长风连着几周都没能联系上他。眼看中秋节快要到了，萧长风终于在微信朋友圈里看到了徐若剑的更新，内容是轻描淡写的一句"秋高气爽 校园美景"，还搭配了一张警校操场上特警专业学生对抗演练的照片，照片背景是掩映着警校大门的红色枫叶。

　　"太好了，徐老师终于回来了。"萧长风连忙揣上这段时间工作和自学的心得笔记，又跑到楼下买了一盒超市自烤的月饼和一兜子水果，开开心心地朝着徐若剑的家里奔去。

　　来到徐若剑家门前，萧长风敲了敲门，门打开后，萧长风一眼就看到了客厅茶几上堆着的一大堆资料。

　　"我来帮您整理。"萧长风连忙放下水果和月饼，挽起袖子就走了过去。

"不用，这堆资料原本是我接下来准备用的授课案例，只是还没有全部捋清楚……"徐若剑挥了挥手道，"你先坐着，我看看今天讲点什么？"

萧长风闻言连忙在沙发上坐下，把笔记本也拿了出来。徐若剑坐在了沙发另一侧，他一边翻着茶几上的资料一边对萧长风说道："我前几天看到你发朋友圈，好像是刘飞给你们开了讲座？"

萧长风点了点头回答道："是的，刘队和我们分享了很多侦查经验，还告诉我们一定要注意积累经验，要求没有经验的年轻刑警在跟随办案时要少说、多做、多想、多记……嗯……他还批评说'有些年轻人有神探情结，这是不对的。因为刑侦不是儿戏，更不是小说，是要对社会、对受害人以及受害人家属负责的'。"

"刘飞这话……既对也不完全对。"徐若剑道，"年轻侦查员确实要注意能力的提升，要严肃地对待案件，但只提到破案经验，不提侦查思维，还要求警员们'少说'，这就有失偏颇了。在侦查中，我们并不能保证所有发生的案件都是'有例可查、有类可比'的，经验只是逻辑思维的辅助与补充，只有掌握逻辑思维方法，才能保证任何时候都不会茫然失措。"

萧长风懵懂地点了点头，徐若剑见他这样就知道他并没真正理解和认同自己的说法。这也很正常，毕竟刘飞是他的队长，有着丰富的办案经验和耀眼的破案成绩，要让萧长风立刻接受案件侦破中，侦查思维的作用大于侦查经验显然是不现实的，这光靠嘴说肯定没什么用。

徐若剑从堆在茶几上的资料中选出了 3 份案卷，递给萧长风道："这几份案卷或许能佐证我刚才的论点，你先看看吧。"

萧长风拿过案卷仅翻看了几页，便露出了诧异的神情。

案卷一

2 月 21 日，清河市发生了一起金店抢劫案。案发现场位于清河市平南街 74 号，店名很普通——楼氏黄金。案发时间是 18:00 刚过。该店打烊时间是 18:30，18:00 时，店里的挂钟一响，导购们便开始一边盘点当天的营收，一边规整柜台里的金银首饰，此时店内只有一位顾客，并拿着已购买的项链准备离去。突然，店内闯进四个人，均以黑色丝袜套着头部，手里持着明晃晃的刀子。他们将三名导购和那位顾客劫持到一起，将导购和顾客的手脚用打包的粘胶带缠住，并用粘胶带封住他们的嘴，由两个人持刀看守。另外两个人从身上拿出两个布口袋跳进柜台后面，将柜台里的各种首饰一股脑儿放进口袋中，然后迅速离去。

警方通过询问了解到，几个劫匪应该均为男性，身高 1.65 米至 1.75 米不等，口音不好辨别，都是一口不标准的普通话。劫匪进店后说话很少，只有"快点过来""不准说话""老实点儿"等寥寥几句。劫匪出门后店外就响起了汽车发动的声音，应该是乘车逃离（金店左边紧邻着翠碧巷）。一名导购在劫匪离去后看了一下挂钟，估计整个作案过程7～8分钟。

案卷二

3月7日，与清河市相邻的康南市一家珠宝店被抢劫。案发现场位于康南市隆化街16号，店名"御华珠宝"，案发时间是18:15左右。该店打烊时间是18:30，当时店内只有两名导购没有顾客，为盘账她们将门口的卷闸门拉下来了一大半（必须躬着身才能进出）。劫匪同样为四个人，以不同颜色的深色丝袜套着头，他们持刀将两名导购的手脚用粘胶带缠住，嘴上也封上了粘胶带。一人持刀看守导购，另外三人将柜台里的各种珠宝玉器放进随身携带的布口袋中，然后迅速离去。

据导购说，四个劫匪中有三个确定是男性，还有一个身材瘦削的不能确定性别，身高都在1.65米以上但高矮不同，说不太标准的普通话。劫匪说话很少，只说了类似"不准说话""老实点""我们求财不害命"等几句话。劫匪出门后就乘车逃走了，一名导购透过玻璃墙看到开走的是一辆银灰色轿车，没有看到车牌和车标，估计整个作案过程不到10分钟。

案卷三

3月19日，与康南市相邻的庆峰县也发生了一起珠宝店抢劫案。被抢的"玉峰珠宝"是该县县城唯一一家珠宝店，案发时间是18:50左右，该店的打烊时间是

19:00。案发时，店内有两名导购和女店主，她们将门口的卷闸门拉下来了一大半开始盘账。四个劫匪以深色丝袜套着头，他们用粘胶带缠住导购和店主的手脚，并用粘胶带贴住导购和店主的嘴。一个劫匪持刀看住导购和店主，另外三个劫匪将柜台里的各种珠宝玉器装进两个布口袋后扬长而去。

　　警方通过询问了解到，几个劫匪应该均为男性，中等身材，说普通话，劫匪出门后有汽车发动的声音，应该是乘车逃离。估计整个作案过程在 10 分钟以内。

分析

篇

看完了案卷，萧长风不解地道："这个案子……很单纯呀，信息明确、事实清楚，完全可以用类比法并案侦查。徐老师，您的意思……"

"不错，并案侦查。"徐若剑点点头道，"我没什么意见。只是想问如果是你在办案，准备怎样开展侦查工作？"

"这好办呀，常规的做法，以车找人。"萧长风胸有成竹地道，"作案者不是乘车逃离的吗？店外的路上应该到处都是摄像头，先把车找到，然后顺藤摸瓜……嘿，手到擒来。"

"好，你再看看这个材料。"徐若剑从一个卷宗袋里拿出两页材料递给萧长风说，"拿着，看完你就会发现并不是像你说的那么简单了。"

"这是什么，啊？"萧长风看了不到一页就有些傻眼了，等看完那两页材料上的内容，不禁直挠脑袋，嘀咕道："盗来的车……都是面包车……全部遗弃在没有监控的地方……没有发现有人销赃……线索全断了……这怎么弄？"

"超出你的想象了吧？"徐若剑笑道，"你知不知道，这个系列抢劫案三地警方花了足足四个月都没有破案。如果像你说的那么简单，你的这些同行是不是该回警校回炉了？"

"是我想简单了。"萧长风不好意思地道，"监控没意义了……该怎么着手呢？嗯，徐老师，案子最后到底破了没有啊？"

"你以为我出差半个月干什么去了，旅游？休假？"徐若剑拿出一块月饼，边吃边说，"当然破了，这个系列案说简单也没那么简单，毕竟这帮人是花了心思仔细谋划过的；但是，说麻烦也没那么麻烦，只要甄别出关键信息，找到突破口则一攻即溃。"

"太好了，您给我说说是怎么破的。"萧长风一副急不可耐的神情。

"你先把卷宗袋里的照片认真看一下，我们再一起来做一次案情研判。"徐若剑把卷宗袋扔到萧长风面前，吩咐道，"里面的照片都是监控视频的截图。"

"监控？监控不是都没用了吗？"萧长风不解地说了一句，然后从卷宗袋里扒拉出几张照片。

"你想依靠监控识别车辆，由于车辆是盗窃的，用后就被扔掉了，因此，传统侦查经验中的'以车找人'当然就行不通了，这就是你说的'没用'；监控并不仅仅是用来识别车辆的，所以，你说的'没用'并不是真正意义上的没用。"徐若剑拍了一下萧长风的脑袋鼓励道，"认真看，然后说出你对每张照片的解读。"

"好、好。"萧长风缩了缩脖子，拿起一张照片，"这张照片……2月21日18:11楼氏黄金，这应该是第一起案件的现场截图。店门开着，旁边有条巷子，应该就是翠碧巷；嗯，还停了一辆车，有人在上车，1、2、3、4，嗯4个人，显然是劫匪上车逃离。这张照片……18:12，下面用笔标示了'启动'两个字……啊，这是说这辆车在18:12开动了。不用说，这两张照片记录了第一起案件作案人逃离的情况。看看周边还有什么……什么都没有，也没有可疑的人或其他东西。"

他又拿起两张照片："2月19日9:00楼氏黄金，嗯，正在开门，有许多人在人行道上，有三个人在路边，一个女的面向大路，一个穿红夹克的男人背向大路，个子不高、平头；一个穿深色西装的男人侧对大路、光头，没什么特别之处，看来意义不大。嗯，这张拍到的是2月18日18:30楼氏黄金，两个女人在拉卷闸门，看来是准备关门打烊。人行道上只有三个人，哦，路边还有两个男人，一个背对大路、运动装、平头；一个侧着身子，衣服看不清，好像也是平头。情况正常，没有特别的地方，看来也没什么价值。"

"这一张拍的是3月5日9:02御华珠宝，卷闸门开了一半，前面站着个女人，看来是准备开门营业了，人行道上人不多。嗯，路边是公交站，有不少人，意义不大。这一张拍的是 3 月 4 日 18:31 御华珠宝，两个女人在拉卷闸门，看来要关门打烊了。路边停有许多车，这条道可以停车，人行道上没人，不对，有一个人在车旁边，可能准备上车，或者在开车门，车子挡住了，看不清穿什么衣服，好像是长头发……没什么特别。"

"嗯，这张照片是御华珠宝被劫时的案发现场照片，18:27……这辆浅色轿车有标示……'启动'，说明劫匪是乘坐这辆车逃走的。哦，旁边还有一辆车也标示了'启动'……咦，劫匪到底是在哪辆车上呢？周边没有其他可疑的事物。这张也是本起案子的案发照片，四个人正在上车，哦，这不是轿车，看来劫匪不是坐轿车逃走的。"

"再看看这张，拍的是玉峰珠宝 3 月 19 日 19:02，这是第三起案件的发案情况，四个人在上车。这一张拍的是玉峰珠宝 3 月 17 日 9:03，卷闸门打开，下面一个女人向上举着手，这是开门的情况。门外有七八个行人，路边有两个人在说话，一个人的个子矮一些，穿的好像是毛衣，长发；个子稍高的穿西装，平头，路对面停了两辆轿车……没有可疑的地方。这张呢？ 3 月 16 日 18:57 玉峰珠宝，卷闸门关着，旁边有一个女人，估计是她关的卷闸门。门口没人，路对面倒是有两个行人，衣着、发式都看不太清楚……没发现什么可疑之处，价值不大。最后这张拍的是 3 月 17 日 19:00，哦，和上面的照片是同一天……玉峰珠宝……卷闸门关着，有一个女人在走，应该是她关门离开了，门前再没有其他人，路对面停着两辆车，看不清车里有没有人。"

看完照片，萧长风长长地吁了口气，抬头看着徐若剑道："看完了，都是针对被劫的三家珠宝店的视频截图，但除了案发情况的照片，我没有发现其他照片的价值，都是一些很正常的情况。"

"这些照片都没有价值吗？"徐若剑看着萧长风，问道，"你要不要再好好甄别一下？"

"好吧。"萧长风又认真看了会儿照片，拿出其中一张摇了摇头道，"没看出什么来，只有这张照片直接否定了御华珠宝导购关于'劫匪是乘坐一辆银灰色轿车逃走'的说法。"

"嗯，这当然也是对案件信息的甄别。"徐若剑不经意地皱了一下眉追问道，"还有吗？"

"我试着分析一下，如果不对，您别笑我。"萧长风一边看着照片，一边翻了翻案卷道，"从这些照片看，有价值的主要就是那几张关于案件发生时的截图，有银灰色轿车这张也有点价值。"

"哦，那你说说你从这几张照片中发现了什么？"徐若剑看了一眼那几张照片道。

"案发时间惊人地相似，都是在下午店铺即将关门打烊之前。"萧长风清了清嗓子道，"虽然第三起案件作案时间比前两起晚了半小时左右，主要是因为这家珠宝店的打烊时间本来就比前两家晚半小时。"

"嗯，不错，从细微处着手。"徐若剑赞许地点了点头，"这个时间说明了什么呢？也就是说，作案人为什么要在这个时间点作案？"

"这三家店铺的位置应该都比较偏僻，应该不是在主干道上。"萧长风道，"所以，临近黄昏应该行人不多，这时作案不易被人发现。"

"哦，你是如何判断出三家店铺比较偏僻，不在主干道上的呢？"徐若剑饶有兴致地问道。

"我认真看了照片，发现这三家店铺门前的路都不是特别宽，也就是双向两车道，城市里的主干道肯定不可能是双向两车道，现在的县城主干道都不可能是两车道的。"萧长风肯定地道，"由此，我断定这三家店铺都不在主干道上。"

"好，观察得很仔细，分析得也比较到位。"徐若剑又问道，"那么，既然不是主干道，行人也不多，为什么劫匪一定要在黄昏时作案，而不是在早上动手呢？"

"这就是这些照片的价值所在。"萧长风指着茶几上的照片说道，"这三家店铺都是 9:00 开门，这个时间是上班的高峰期，来往行人比较多，从这些照片上就能看出这一点。但黄昏时，对这条路来说，也许此时下班高峰期已经过去了，路上行人比较少，便于作案和逃逸。"

"有道理，推论成立。"徐若剑点头道，"三起案件案发时，店铺里几乎没有顾客，作案者为什么拿捏得这么准确呢？"

"我明白了。"萧长风想了想，眼睛一亮道，"应该是内外勾结作案，某个导购可能与劫匪是一伙的。在下午临近关门打烊，店里没有人或人很少时，作为内应的导购通

过手机通知劫匪实施作案行为，这就能解释作案人为什么拿捏得那么准确。"

"你的依据是什么？证据呢？"徐若剑将手伸向萧长风说道，"你不能简单地猜测有内应，必须拿出证据或者有合理的推论。"

"当然有。"萧长风自信地说道，"首先，是时间把握得极其准确，没有内应几乎不可能做到；其次，在第二个案件中，有一个导购说作案人是乘银灰色轿车逃逸的，事实上银灰色轿车根本与本案无关，只是恰好那时开动而已。可是，导购为什么要这么说呢？我认为，她是为了转移警方的注意力，有意误导。"

"那其他两起案件呢，谁是内应？"徐若剑问。

"从照片上当然看不出来。"萧长风摇了摇头，"但是，只要通过审讯深挖，或者通过对几名导购的背景调查，以侦查员的经验将内应找出来并不困难。"

"靠经验？看来我得好好与刘飞谈一谈，都教了你们些什么。"徐若剑不以为然地道，"你的理由不充分，依据牵强，所谓靠经验更是无稽之谈。"

"那……应该怎么做？"萧长风顿时泄气地道，"靠推理吗？……就凭这些案件信息和照片？这怎么推？"

推理 篇

"再来看看这些照片告诉我们的信息。"徐若剑将照片按时间顺序一一摆开，分析道，"你看 2 月 19 日 9:00 这张，3 个人在路边，个子不高的穿红夹克的男人背对大路面朝楼氏黄金；2 月 18 日 18:30 这张，路边有两个男人，其中穿运动装的人背对大路面朝楼氏黄金，这人个子也不高……"

"这说明什么问题？"萧长风疑惑道，"这是 18 日和 19 日的照片，不是案发当天的照片呀，应该只是用来说明楼氏黄金开门和打烊的时间吧？"

"不，没这么简单。"徐若剑摇了摇头道，"我且问你，我们抛开有没有内应的问题。如果你是一个准备抢劫金店的人，但又不熟悉金店的情况，注意，没有内应，那么你要怎样实施抢劫行动？这必须有一个周全、完整的行动计划，不是看到一家金店就去抢。如果这样贸然去抢金店，那么同'找死'没什么两样。"

"没有内应……周全、完整的行动计划……我想想……"萧长风想了一会儿道，"我首先要制定一个方案，策划行动的步骤、撤离的方法、突发情况的处置措施；由于不了解金店的具体情况，我还得事先踩点儿……踩点儿……"他说到这里，眼睛一亮，"等等，等等。"萧长风拿过那两张照片比对了一下，兴奋地道："这个穿红夹克的与穿运动装的是同一个人，一个人在两天、两个时间段出现在同一个地方，大有问题、有大问题，踩点儿……他是去踩点儿……"

"哈哈，孺子可教也。"徐若剑笑道，"如果他是踩点儿的人，那么就是劫匪，至少也是同伙，那么，内应就可以消失了。"

"消失……赶紧消失，根本没有什么内应。"萧长风抓过其他几张照片不断比对，"我再看看。3 月 17 日 9:03，玉峰珠宝前面路边有两个人在说话，穿毛衣的矮个子与前面那人很像，应该也是在踩点儿……找这个人，应该重点找这个人，这人有重大嫌疑。"

徐若剑指着 3 月 5 日 9:02、3 月 4 日 18:31 和 3 月 16 日 18:57 这 3 张照片问："这 3 张照片又有什么价值呢？"

萧长风看着照片摇头道："这 3 张真没有什么价值了，至少我看不出来。"

"好，就按你说的，重点找前面那个疑似踩点儿的嫌疑人。"徐若剑轻轻往沙发背上一靠道，"你准备怎么去找这个人？"

"这……"萧长风顿时愣住了，思忖了半晌试探道，"通过户籍照片来查……不行，这完全是大海捞针；打印出来张贴，发动群众……也不行，这样会打草惊蛇……"

"看，靠经验行不通了吧。"徐若剑笑了笑，拿起 3 月 4 日 18:31 那张照片道，"你能看清这个在车旁边准备上车或正在开车门的人穿什么衣服吗？"

"不能。"萧长风看着照片摇了摇头。

"为什么不能？"徐若剑问。

"这个人的身体几乎被车子完全挡住了。"萧长风道，"看不见衣着。"

"为什么会被车子完全挡住呢？"徐若剑显然是在引导萧长风的思维，继续问道，"这是一辆轿车，车高不超过 1.5 米吧，怎么就把这个人的身体完全挡住了？"

"这个人肯定个子不……"萧长风恍然大悟道，"这个人是个矮个子，因此才会被轿车完全挡住了身子……他肯定就是那个踩点儿的人。"

"好，再看这张。"徐若剑拿起 3 月 5 日 9:02 那张照片道，"御华珠宝前面是公交站，看，有不少人在等车，也许踩点儿的人就在人群里；再看 3 月 17 日 19:00 这张，玉峰珠宝对面路边有两辆轿车，你敢肯定踩点儿的人不在其中一辆车里吗？"

"有道理。看来，这些照片都有重大价值……"萧长风连连点头但也有些疑惑，问道，"但还是没法找人呀，这些照片只是明确了一个重大嫌疑，可怎么去找他呢？"

"好，我们前面已经锁定了某个嫌疑人，现在就想办法把他找出来。"徐若剑还是指着面前的照片分析道，"还得靠这些照片。你看看 3 月 4 日 18:31 这张照片上的车，还有 3 月 17 日 9:03 这张照片上玉峰珠宝对面停的两辆轿车，以及 3 月 17 日 19:00 这张照片上玉峰珠宝对面停的两辆车。你没有发现有些眼熟吗？"

"我看看，我看看。"萧长风趴在茶几上又比对了一会儿说道，"相同……相同的轿车，这应该确定为嫌疑车辆。"

"那么，接下来该怎么做？"徐若剑微笑着看向萧长风。

　　"知道了……知道了。"萧长风长舒一口气道，"还是以车找人。这辆车是嫌疑人开过来方便踩点儿的，他们虽然具备一定的反侦查能力，但计划中还是出现了纰漏。他们并不认为这种不着痕迹的踩点儿会被警方察觉，因此，这辆车应该是这些人常用的车，虽然从照片上看不到这辆车的牌照，但它毕竟要在路上行驶，通过路面上的摄像头，必然能够发现这辆正常行驶在道路上的嫌疑车辆，然后以车找人。"

　　"看看，都是以车找人，实质内涵却相差甚远。"徐若剑摇头笑道，"你原先的以车找人是经验主义，这个以车找人是推理结论，效果却大相径庭。现在可以告诉你，这个案子最后就是这么破的。"

　　"受教了，真的受教了。"萧长风赧然地笑了……

逻辑解析

　　本案的研判涉及多种推理方法，其中有假言推理、选言推理、类比推理，还运用了穆勒五法中的求同法。

　　侦查员首先明确了作案者不可能在不了解侵害对象的情况下贸然实施犯罪行为，因此，必然会事先去踩点儿。踩点儿的目的在于掌握目标店铺的作息时间，相关时段、相关路段的人流情况，店铺的运行及人员状况，等等。要弄清这些情况，作案人就不得不派人亲临现场。虽然作案人具有一定的反侦查意识，但计划仍有纰漏。比如踩点儿的是同一人，即使改变了发型、服装等，但身材无法改变。这些纰漏被侦查员敏锐地捕捉到了。于是，嫌疑人被锁定。

　　出于方便，嫌疑人驾车前往目标地踩点儿，而同一辆车与同一个人多次出现在案发地附近，给侦查员提出侦查假说提供了充分的依据，也为侦查工作的开展指明了方向，为寻找嫌疑人开辟了捷径。明确嫌疑人和嫌疑车辆，是侦查思维的结果，是逻辑推理的结果。这个案例也提醒了侦查员，侦查经验固然重要，但在经验不足以支撑的情况下，逻辑推理才是解决问题、提高侦查效率的有效手段。

我们解读本案侦破的推理形式。

1. 如果作案人（不了解侵害目标的情况）要实施作案行动，那么必须事先踩点儿；

作案人（不了解侵害目标的情况）准备实施作案；

所以，作案人必须事先踩点儿。

（充分条件假言推理肯定前件式）

2. 只有到目标地踩点儿，才能了解侵害对象的情况；

作案人要了解侵害对象的情况；

所以，作案人必然会到目标地踩点儿。

（必要条件假言推理肯定后件式）

3. 如果作案人到目标地踩点儿，那么监控视频中必然有作案人的身影；

作案人肯定会到目标地踩点儿；

所以，监控视频中必然有作案人的身影。

（充分条件假言推理肯定前件式）

4. 如果不是踩点儿的人，那么他就不会多次出现在目标地；

矮个子多次出现在目标地；

所以，矮个子是踩点儿的人。

（充分条件假言推理否定后件式）

5. 踩点儿的或是个子稍矮的人，或是个子高的人；

个子高的人（没有多次出现在目标地）不是踩点儿的人；

所以，踩点儿的是个子稍矮的人。

（相容选言推理否定肯定式）

6. 只有嫌疑车辆，才会与踩点儿的人多次同时出现在目标地；

该车与踩点儿的人多次同时出现在目标地；

所以，该车是嫌疑车辆。

（必要条件假言推理肯定后件式）

7. 只有获取嫌疑车辆的号牌，才能实现"以车找人"；

要实现"以车找人"；

所以，必须获取嫌疑车辆的号牌。

（必要条件假言推理肯定后件式）

8. 只要嫌疑车辆在路上正常行驶，就能获取该车的号牌；

嫌疑车辆必然会在路上正常行驶；

所以，能够获取嫌疑车辆的号牌。

（充分条件假言推理肯定前件式）

9. 案件一具有属性：①4人作案；②男性；③丝袜套头；④作案时间为临近打烊；⑤用粘胶带缠住导购和顾客的手脚；⑥用粘胶带封住嘴；⑦不标准的普通话；⑧乘车逃离；⑨作案过程7～8分钟；⑩作案者（某团伙）。

案件二具有属性：①③④⑥⑦⑧与案件一相同；②三男性，另一人性别不确定；⑨作案过程不到10分钟。

案件三具有属性：①②③④⑥⑧⑨与案件一相同；⑦说普通话。

三起案件具有五个完全相同的属性①③④⑥⑧，三个属性相似②⑦⑨。

所以，案件二和案件三，应该也有属性⑩（某团伙）。

（并案类比推理）

当然，以上推理的前提和结论并非都是必然的，但却具有毋庸置疑的合理性，为案件侦查划定了范围、确定了方向。由本案的分析研判可以看出，在案件侦查中，从案件信息的甄别、案件要素的明确，到侦查假说的提出，乃至最终假说的验证，无一不彰显着逻辑推理的力量。

第捌　章

囚徒困境

看到徐若剑推门进来，萧长风和卢冰连忙从沙发上站了起来。

"徐老师，您来啦，快请坐。"萧长风冲了杯茶递给徐若剑，指着卢冰道："这是我们队的卢冰，我的搭档。"

"你好。"徐若剑伸手与卢冰握了握称赞道，"小伙子很年轻呀，工作几年了？"

"比萧师兄晚两届，刚满两年。"卢冰不好意思地笑了笑。

"什么事呀？"徐若剑看着萧长风道，"这么早就给我打电话。"

"我们可能遇到麻烦了。"萧长风苦笑道，"我和卢冰经手了一个案子，有点儿心急，下手早了。人抓了但证据不足，可能要'煮成夹生饭'了。"

"哦，什么案子？"徐若剑随意地往沙发上一坐，"刘飞呢，他不帮你？"

"刘队在抓一个命案，出差了。"卢冰怯怯地回答道，"我们还不敢声张，怕挨批评。"

"嗯，具体说说。"徐若剑笑了笑道，"看我能不能帮上忙。"

"是这样的。"萧长风略微组织了一下措辞，"我们跟了个盗窃案，用了一个多星期，通过布控销赃渠道抓获了两个销赃人员，并从他们租住的房子里起获了部分赃物。"

"然后呢？"徐若剑接过卢冰递过来的卷宗。

"根据现场痕迹和监控视频，作案人共有 5 个，因为都蒙着面，没有捕捉到嫌疑人明显的体貌特征，所以只能采取传统做法，监控销赃渠道。"萧长风道，"说起来也还顺利，很快就发现了两名销赃者。"

"于是你们就迅速地进行了抓捕。"徐若剑一边看着卷宗一边道，"不用说，这两人被抓后只承认销赃，不承认盗窃，对不对？"

"正是。"萧长风尴尬地点了点头继续说道，"从视频上看，这两个人与监控视频中 5 个嫌疑人中的两个身形非常相像，肯定是那 5 个人中的两个。"

"你这不是证据，至少不是铁证。"徐若剑不停地翻动着手中的案卷材料补充道，"如果这两人咬死不认，你就无法结案。"

"谁说不是呢。"萧长风哭丧着脸道，"我们原以为抓住这两人，然后通过审讯就能找到另外 3 个嫌疑人，没想到……"

"又是冀望审讯来突破。"徐若剑摇了摇头道，"小萧啊，我说过多少次了，审讯是最后的手段，证据是找出来的，不能一味寄托在'问出来'上。讯问的目的主要是完善证据、闭合证据链，不能什么证据都没有就开始讯问，这通常会'示人以怯'，案件侦查不等于案件审讯。"

"是我心急了，我怕嫌疑人逃逸，所以……"

"对嫌疑人实施监控就可以了呀，怎么可能逃逸。"徐若剑恨不得拍萧长风一巴掌，批评道，"把人抓了倒是不担心逃逸了，可你想过怎么找证据吗？而且先抓人后找证据，这简直就是典型的有罪推定，你不怕当事人的律师找你的麻烦呀？"

"所以，我昨晚抓了人，今天一早就赶紧给您打电话求助了。"萧长风赧然笑道，"看看有没有什么好的补救办法，否则24小时放人，这脸上有点挂不住啊。"

"首先，我们得确定这两个人……嗯，我看看……哦，陈杰和何小欢是不是一定就是5个嫌疑人中的两个；"徐若剑放下手里的卷宗补充道，"其次，另外3个嫌疑人有没有可能锁定去向。"

"陈杰和何小欢肯定是5人中的两个，这一点我敢以我的职业担保，如果判断错误，我自己脱警服。只不过，没有证据无法开展下一步工作。"萧长风严肃地说道，"我和卢冰找图像侦查的技术员进行过非常精细的比对，从身高、肩宽、腿长和臂长等方面都仔细地比对过，但是这些都只是间接证据，不是直接证据，法院一般不会采信。"

"我们分析了陈杰和何小欢的社会背景，基本框定了另外 3 个嫌疑人的可能范围。"卢冰插话道，"只是要确认这 3 人需要一定的时间，不要说 24 小时，就算给个三五天，可能也不够。"

"好，我明白了。"徐若剑点头道，"卷宗我也看完了，基本情况应该是陈杰和何小欢伙同另外 3 人实施了盗窃，虽然没有直接证据，但这一点是不是已经毋庸置疑了？"

萧长风和卢冰连连点头。

"然后陈杰与何小欢在销赃时被你们抓捕，其他 3 人暂时下落不明。"徐若剑点了一支香烟，继续分析道，"你们希望通过讯问找到另外 3 个嫌疑人，然后顺利结案。可是，在审讯中陈杰和何小欢均只承认销赃行为，不承认盗窃行为，并编造谎言说赃物是何小欢过去的一个朋友叫……我看看……嗯，陆定军给何小欢的，允诺五五分账，他们贪图利益才答应帮忙销赃的。你们查过陆定军，已经两年没有回过家，如今下落不明。据陈杰与何小欢交代，陆定军和他们是单向联系，也就是说，他们也联系不上陆定军，而陆定军有他们的手机号，可以找到他们。"

"就是这样。"萧长风点头道，"明知他们在说谎，但我也无可奈何。"

"如果这个案子破了，估计你们俩有机会立功。"徐若剑微微一笑道。

"立功就不想了，只要能顺利破案就谢天谢地了。"萧长风颓然道。

"你说他们在说谎，根据是什么？"徐若剑问道。

"通过监控视频比对，明明这两人参与了作案却不承认，这不是说谎是什么？"萧长风疑惑道，"难道还有其他根据？"

"你们自己做的笔录，过后不认真分析吗？"徐若剑又气又笑道，"撇开视频不说，只看笔录就可以发现他们在说谎。"

"哪里？"萧长风拿过卷宗一边翻一边问。

"你看他们对承认销赃和否定参与作案部分的交代，两份笔录一字不差。"徐若剑道，"这显然是经过仔细斟酌后背下来的，否则两个人的用词用语或多或少都应该有些区别，不可能一字不差。"徐若剑停了一下，等萧长风和卢冰看完笔录后笑道，"这说明这个团伙一定多次作案，制定了一套应对警方的话术，如果攻破这个案件，就有可能挖出若干案件。所以，我说你们有机会立功。"

"真是一字不差啊，我们怎么没有注意呢。"萧长风和卢冰对视一眼，挠了挠头问道，"可是徐老师，应该怎么突破呢？"

徐若剑想了想道："现在只能孤注一掷了，分开审。"

"具体怎么做？"萧长风问。

"将这两人放到市看守所不同的监室，先关几小时，下午我亲自审。"徐若剑目光坚定，笃定地说道，"这是一次智慧博弈，也试一试理论知识能不能产生实践效果。"

15:00，徐若剑与萧长风、卢冰一起走进了审讯室，坐下不久后，看守所民警带进来一个瘦高的年轻人。

"你坐下。"徐若剑指了指中间的凳子开始审问："姓名、年龄？"

"陈杰，26 岁。"年轻人目光游离，看了看面无表情的徐若剑，眼睛里闪过一丝不安的神色。

……

一连串的常规讯问后，徐若剑突然一改严肃的神情，带着玩味的语气道："你确定只是帮朋友销赃，没有参与盗窃？"

"不……不是我偷……偷的，我只是帮陆定军卖……卖几件首饰，他也没有告诉我是偷来的。"陈杰一边回答一边缩了缩脑袋。

"看着我。"徐若剑盯着陈杰的眼睛问道，"你确定没有说假话？"

"我……我没有说……说假话。"陈杰目光躲闪，不敢与徐若剑对视。

"好，那么我们好好聊聊。"徐若剑微微一笑道，"警方目前并没有掌握你参与盗窃的证据，如果你坚持不承认参与盗窃，那么我们就只能按销赃处理。"看着表情陡然放松的陈杰，徐若剑接着道，"但前提是，何小欢也和你一样坚决不承认，你能不能肯定何小欢一定不会承认呢？"

陈杰顿时露出紧张的表情，双手微微有些颤抖道：

"我……我没有……"

"你要不要再考虑一下，根据我们掌握的情况，你们一共至少有 5 人合伙实施了此次盗窃活动，涉案金额特别巨大。"徐若剑脸上的表情渐渐严肃起来，"现在如果你不交代，你会面临 3 种可能。第一，如果你和何小欢都不交代，而且警方抓不到你们另外 3 个同伙，那么由于我们没有你们参与盗窃的直接证据，就只能按销赃对你进行处罚；"徐若剑看着陈杰又道，"第二，如果你选择拒不交代，但何小欢交代了，那么何小欢有坦白情节，而你则是对抗法律，法院在量刑时会有很大的区别；第三，如果你和何小欢都不交代，但是警方抓获了你们另外 3 个同伙，并且这 3 人中有人坦白了，那么你和何小欢都会从重量刑。"

似乎为了让陈杰"消化"这段话中的信息，徐若剑停了一会儿继续道："现在是一个赌局，你敢不敢赌？第一，何小欢与你一样拒不交代盗窃行为；第二，警方抓不到另外 3 人；第三，就算抓到了另外 3 人，他们也一定拒不交代。如果这 3 种情况都发生了，那么你的确只需要承担销赃的处罚；可是这 3 种情况中的任何一种情况不发生，那么你都必须承担从重量刑的后果。"

"我可以给你普及一下法院量刑方面的知识。"徐若剑不等陈杰开口又道，"简单地说，多次犯罪和拒不交代一律从重处罚，根据本案的涉案金额，如果你被动承认会判入狱 10 ~ 12 年；如果你有对抗情节，从重处罚不低于 15 年；如果积极坦白，认罪伏法，可能会判 8 年左右；如果有立功表现，比如主动向警方交代另外 3 人的下落，警方由此抓获了这 3 人，假如还有辨认情节，就可以从轻处罚，应该会判入狱 5 ~ 6 年；如果有重大立功表现，比如检举揭发他人的重大犯罪事实，则有可能免于处罚或者只被判入狱一两年。现在你先回去想想，看是要赌一赌，还是争取减免刑罚。"

说完，徐若剑便示意看守所民警将陈杰带走。

陈杰刚一离开，萧长风急忙不解地问道："徐老师，您怎么就告诉他我们没有他参与盗窃的证据呢？这样，他肯定不会承认了呀。"

"是呀，"卢冰也连连点头附和道，"您说到我们没有证据的时候，我的汗一下子都下来了，现在背心都还是凉的……"

"别着急，带何小欢进来吧。"徐若剑笑着拍了拍萧长风的肩道，"我还是会对何小欢重复同样的话，看看最终效果如何，也许有意想不到的收获。"

……

17:40，看守所所长办公室。

萧长风看了看手机道："还没有消息，看来只能按销赃处理了。"

徐若剑皱了皱眉头道："这个案子也不是只有这一种方法去破，只不过这是目前最快的方法，淡定一点，再等一下吧。"

说话间，一个民警推门进来道："萧警官，陈杰要见您，您看……"

徐若剑闻言笑了，一拍萧长风的后背道："你去吧，我就在这里等你，回来我们一起去吃饭。注意，深挖其他案件。"

两小时后，萧长风和卢冰满面春风地回来了，一进门卢冰就兴奋地说道："招了，徐老师，招了。"

徐若剑看着卢冰笑道："招了，我招什么了？"

"不，不是。"卢冰意识到自己话中的语病，不好意思地挠了挠头道，"是陈杰招了。好家伙，好几起大案，不仅供出了另外 3 人的下落，还有一起涉毒案件。"

"这回真的要立功了。"萧长风也笑得合不拢嘴，急切地分享道，"陈杰供出了 4 起盗窃大案和 3 个同伙的下落及联系方式，并且供出了其中一个人参与贩毒的事实。回头我得和禁毒支队对接一下，看能不能顺藤摸瓜破一起贩毒案。"

卢冰好奇地问道："徐老师，我没弄明白，我们昨天连夜突审，用尽了方法一点收获都没有，怎么你告诉陈杰警方没有掌握他参与盗窃的证据反而促使他坦白交代了呢？"

徐若剑还没有来得及回答就见门又被推开了，还是刚才那个看守所民警，他眼神古怪地看着萧长风道："萧警官，何小欢也要见你。"

……

分析

篇

"来来来，徐老师我敬您一杯。"萧长风端着杯茶道，"工作日不能喝酒，只能以茶代酒。"

徐若剑端起茶杯与萧长风的杯子碰了一下道："不喝酒好，意思到就行。"

"我也敬您一杯。"卢冰忙端起茶杯凑过来碰了一下道，"徐老师您赶快说说，为什么陈杰和何小欢都老老实实地供认不讳，还顺利挖出了那么几起大案呢？"

"好。"徐若剑喝了口茶，点头道，"你们在没有掌握直接证据的情况下将嫌疑人抓了，要想在尽可能短的时间内取得突破，就只能通过审讯。可是怎样才能利用审讯取得想要的结果呢？这就需要精心设计审讯的方式和语言。我考虑再三，用了一种在理论上成立，但实践中从未用过的'囚徒困境'方法。说实话，由于我从未在侦查工作中使用过这种方法，因此并不能十分确定它的效果。不过由于这种方法在理论上是成立的，因此我认为应该不会失败，只是不能保证取得的成效有多大，现在看来，结果甚至超过了预期。"

萧长风和卢冰对视了一眼问道："什么是'囚徒困境'？"

"这个案件有它的特殊性，与以前我给你看的案卷不一样，我们简单来分析一下。"徐若剑伸筷子从火锅里面捞了菜放到碗里，继续说道，"我在审讯中向两个嫌疑人说了一段相同的话，对他们说了3种可能情况，并将他们企图'赌一赌'的想法挑明，实际上就是为了打消他们的赌博心理。"

"哦，我明白了。"萧长风点头道，"拿陈杰举例，一是自己不招，何小欢也不招；二是另外3个同伙不会被抓获；三是如果另外3个同伙被抓获也拒不交代。只有这3种情况同时发生，陈杰才可能会被按销赃处罚；如果这3种情况中任何一种情况不发生，那么陈杰因为对抗行为，就会被从重处罚。"

"对，对。"卢冰也点头道，"陈杰要想在不交代的前提下获得最轻的处罚，就只能赌这3种情况同时发生。"

"没错。"徐若剑笑道，"接着，我又给他普及了一下法院的量刑规则，实际上是在暗示他进行选择，同时消弭他潜意识的赌博心理。"

"陈杰不敢把自己的身家性命放在团伙的'江湖义气'上，毕竟他们之间也根本不可能有什么'道义'可言，这时明哲保身就成了其唯一的选择。"萧长风已经完全明白了徐若剑的审讯策略，补充道，"这是一种心理暗示，应该是心理学的范畴。"

"可以看成是心理学的心理暗示，不过归根结底还是一种思维博弈。"徐若剑道，"在审讯过程中，侦查员与嫌疑人的思维都是动态的，双方都在根据对方的语言去判断对方的思维，并积极调整自己的策略，这就是思维博弈。谁能准确地抓住对方的思维，谁就能取得主动权并占据主导地位，取得最终的胜利。"

"那么，是不是可以这样理解？"卢冰插话道，"您在给陈杰普及量刑规则时，就是希望他选择'立功'这个选项。"

"当然是这样。"萧长风肯定道，"其实对陈杰来说，只有抗拒和交代这两个选项。如果选择抗拒，假如其他人交代了，他就会被从重量刑，因此他不敢赌；如果选择交代，那么他必然会选择利益最大化的'立功'，反正已经交代了，交代得彻底一点并没有什么心理负担。"

"基本上就是小萧说的这样。"徐若剑颔首道，"在不敢赌'抗拒'这个选项的前提下，'利益最大化'必然成为陈杰的选择，如果没有'重大立功'的可能，他一定会选择'立功'，也就是交代其他3人的下落；如果没有'立功'的可能，也会坦白伏法，尽量减轻罪责，争取少判几年。"

"学到了，没想到简简单单的几句话，还有这么多学问在里面。"萧长风舒了一口气问道，"徐老师，这也是推理吗？"

"当然有推理。"徐若剑笑道，"不过不仅仅是推理，还有更深的学问在里面，'博弈论'听说过吗？"

"听说过，但没有认真学习过。"萧长风摇了摇头道，"这个理论听说挺火的，难道您用的就是博弈论？"

"算是吧。"徐若剑点点头，"'囚徒困境'应该算是博弈论的核心思想之一。用比较直白的话来说，陈杰和何小欢就是'囚徒'，他们面临对抗和交代的选项时，实际上是一种困境，对他们来说，最终的目的就是摆脱困境。我们抓住其急于摆脱困境的心理，为他们铺设一条看似最为理想的'逃生之路'，那么这条路就会成为他们的必然选择。"

"这种方法既简单，效果又非常好。"卢冰有些兴奋地说道，"徐老师，以后我们的审讯是不是都可以用这种方法？"

"这可不行，世界上没有两片完全相同的树叶，还是要具体问题具体分析。"徐若剑摇了摇头严肃地说道，"这种方法在理论上已经基本成熟了，可是为什么很少有侦查员用呢？并不是所有的侦查员都不了解这种方法，而是这种方法在实践中有很大的风险，我很久以前就研究过这种方法，但是一直都不敢轻易使用，这次如果不是适逢其会，我也未必会用。"他叹了口气道，"说实话，因为我只是学校的老师，不是一线侦查员，没有太多的心理负担才敢一试，如果这个案件是由我负责，我可能会再三斟酌，不到万不得已是不会用这种方法的。"

"唉！那不是白学了？"卢冰不甘心地叹道，"这么高效的方法不能用，太遗憾了。"

"也不是不能用。"徐若剑笑了笑道，"你不能从一个极端走向另一个极端，这种方法完全可以应用，只不过要慎用，不能随便用。不是说了吗？具体问题具体分析，没有哪一种方法是放之四海而皆准的，逻辑推理也是如此。"

"至少三等功就在眼前，你还是不要在这上面纠结了。"萧长风调侃了卢冰一句，"你就把它当成知识储备起来吧，总有能用到的时候。"

"徐老师，能不能把这个'囚徒困境'用推理形式表述出来？"卢冰有些热切地看着徐若剑道，"虽然我们在学校也学过逻辑学，也知道推理，但实际应用时总觉得不那么得心应手，理论与实践始终是'两张皮'。"

"可以。"徐若剑点了点头道，"其实，许多人把'囚徒困境'这种思维博弈看成心理学的方法，当然，这也没有什么错，毕竟是在利用对方的心理进行思维诱导。但同时，其中也包含着逻辑推理，这是以对方的心理预期为前提的思维推理。"

"以对方的心理预期为前提，是哪种推理形式？"萧长风问道。

"可以是任何推理形式。"徐若剑道，"假言推理的形式你们还记得吧，我们就以假言推理的形式来表述。"

"好的。"萧长风和卢冰连连点头。

"首先，嫌疑人的心理期望是'不获罪'或'获轻罪'，这是进行推理的最重要的前提；"徐若剑笑道，"其次，嫌疑人之所以拒不招供，应该是基于'攻守同盟'的思维，而其'攻守同盟'则是建立在江湖义气的基础上的，这个基础其实非常脆弱，只要找到关键点，必然一举击溃。"

"哦，我有些明白了，"萧长风眼睛一亮，"这是推理得以进行的依据。"

"不错。"徐若剑微笑着点头道，"根据嫌疑人的心理，我们可以构建这样的假言判断：第一，如果我拒不招供，那么（警方没有掌握直接的犯罪证据）只能（以销赃罪）轻判；第二，如果我不坦白，（别人坦白了）那么我会被从重处罚；第三，如果我老实交代了，那么我不会被从重处罚；第四，如果我有立功表现，那么我就有可能会被从轻处罚；第五，只有具有重大立功表现，才能减轻或免除处罚。这5个假言判断基本可以囊括本案嫌疑人的思维活动。"

"明白了。"卢冰恍然大悟道，"'获轻罪'甚至'免于处罚'是嫌疑人的最终目的，他们要做的不过是谋求怎样才能实现这个最终目的。"

"显然，摆在嫌疑人面前的有'对抗到底''老实交代''争取立功''争取重大立功'这几个选项，"萧长风长吁一口气道，"其实，利用'囚徒困境'只是在引导嫌疑人去选择'争取重大立功'而已，基于本案的客观现实，嫌疑人几乎别无选择，只有'立功'这一条路可走。"

"对，这就是对于本案我们进行思维博弈应该获得胜利的基础，"徐若剑道，"以上述 5 个假言判断为大前提进行推理，得出我们想要的结论不过是顺理成章的事。当然，需要说明的是，这些前提都不是必然前提，因此，结论也不是必然的，但至少是合理的。"

"仅仅因为合理就能去做吗？"卢冰不解地道，"为什么不尽量追求必然性呢？"

"侦查工作哪来那么多的必然性，"萧长风反驳道，"我们要的就是合理性，既然是合理的，为什么不去做呢？"

"是的，合理性中就有可能蕴含必然性，侦查推理最重要的就是找到'合理'，然后在'合理'中发现'必然'，这就是案件侦查思维的要点。"徐若剑道，"需要补充一点，我仅仅是以假言推理为例来构建本案的推理形式，并不是说本案只能用假言推理来表述。还是那句话，任何推理形式都可以。"

…………

逻辑解析

　　博弈论又称为"对策论"，是一种处理竞争与合作问题的数学决策方法。简单来说，是在平等对局中各自利用对方的思维，改变和调整自己的对抗策略，从而达到取胜目的的一种方法。20 世纪 40 年代，博弈论被应用到经济学中用来分析经济和贸易竞争；20 世纪 50 年代以后，博弈论则广泛应用于国际政治的研究领域。其实，博弈论并非什么"新生事物"，中国早在春秋战国时期就已经产生了博弈论的著作——《孙子兵法》，近代博弈论的正式诞生以 1928 年冯·诺伊曼证明博弈论的基本原理为标志。

　　"囚徒困境"是博弈论的核心模型之一，由美国的梅里尔·弗勒德（Merrill Flood）和梅尔文·德雷希尔（Melvin Dresher）提出。囚徒困境是非零和博弈中最具代表性的例子，是指两个被捕的囚徒之间的一种特殊博弈，说明即使合作对双方都有利时，保持合作也是困难的，其核心内涵反映了个人最佳选择未必就是团体最佳的选择。

在本案中，如果陈杰和何小欢自始至终保持相同的态度，获得的是最有利的结果——警方因证据不足只能按销赃处罚；但是，要保持完全相同的态度是极其困难的，侦查员也想方设法打破这种"相同的态度"，给出个人的最佳选择——"立功表现"乃至"重大立功表现"，于是二人均选择了个人"最佳"，放弃了团体"最佳"，反映了囚徒困境理论的典型特点。

深入分析嫌疑人的思维过程，我们也可以清晰地看到其思维脉络。

1. 如果警方不掌握我参与盗窃的直接证据，那么只能按销赃对我进行处罚；

   警方不掌握我参与盗窃的直接证据；

   所以，只能按销赃对我进行处罚。

这是充分条件的假言推理，小前提否定了大前提的前件，即事实上目前警方确实不掌握嫌疑人参与盗窃的直接证据，因此嫌疑人只会因"销赃"受到处罚。不过嫌疑人非常清楚，警方只不过是"目前"不掌握其参与盗窃的直接证据，这并不等于"永远"都找不到那些证据，关键在于同伙是否能够"顶得住"。

2. 要么已被抓的同伙不招供；要么另外 3 个同伙不被抓或

者被抓也不招供。

这是一个不相容选言判断。按照这个选言判断的 3 个选言之间的关系分析，它们构成的应该是相容的关系。但是，对嫌疑人来说，在案件的特殊环境中，这几个选言之间极有可能是非此即彼的不相容关系。也就是说，在嫌疑人的思维中，要想让"已被抓的同伙不招供"和"另外 3 个同伙不被抓（或者被抓也不招供）"同时存在几乎是不可能的，而"或者被抓的同伙会招供，或者另外 3 个同伙被抓后会招供"这个相容选言判断为真的可能性极大。一共 5 人的团伙，要想保证其他 4 人都能够咬牙"坚持"，对嫌疑人来说近乎奢望，因此，面对这样的选言判断，嫌疑人的选择显然毋庸置疑了。

3. 如果不招供（而其他人招供了），就会被从重量刑；如果主动招供，就可能获得从轻量刑。

   或不招供，或主动招供；总之，要么被从重量刑，要么获得从轻量刑。

这是一个二难推理的复杂构成式，嫌疑人必须在"招"与"不招"之间进行选择，可同时，在嫌疑人潜意识里，另外 4 人有人会招供已是必然，那么面对这样的二难推理，嫌疑人选择"获得从轻量刑"也就成为必然。

4. 只有有立功表现，才能减轻刑罚；

要减轻刑罚；

所以，要有立功表现。

这是必要条件假言推理，肯定了大前提的后件，必然获得肯定大前提前件的结论。在已经选择"招供"并冀望由此获得"减轻刑罚"的既得利益的基础上，嫌疑人扩大既得利益也是必然选择，那么，认罪伏法、供出同伙下落、交代其他案情则就成为顺理成章的事。

5. 只有有重大立功表现，才有可能减免处罚；

要争取减免处罚；

所以，要有重大立功表现。

这也是必要条件的假言推理。嫌疑人既然已经选择了获得既得利益，就可能争取将这个利益最大化，显然侦查员的"普及量刑规则"给嫌疑人提供了这种可能性，那么嫌疑人必然会紧紧抓住这种可能性。而供出他人的犯罪行为是"重大立功表现"的唯一条件，如果有可能，嫌疑人就必然不会放过，这是本案取得重大战果的关键。

本案侦查员在与嫌疑人的思维博弈中，及时洞察嫌疑人的思维脉络，制定了以博弈论"囚徒困境"思维模型为基础的策略，牢牢把控着"思维对弈"的主动权和主导权，迫使嫌疑人的所有想法都"尽入彀中"，从而在原本已显被动的较量中顺利"翻盘"，取得了最终的胜利。

　　本案的审讯过程，既展现了博弈思维的意义，也彰显了逻辑推理的力量；既可以成为博弈思维的成功范例，也可以成为侦查思维的典型案例。

　　当然，正如徐若剑所言，对"囚徒困境"博弈思维方法的应用必须谨慎，一定要考虑案件环境，要深入研究犯罪团伙成员之间的各种关系，否则极有可能"自曝其短"，让犯罪分子"理直气壮"地躲过法律的惩罚。比如，当嫌疑人仅为两人，且两人之间的关系极为亲密（如兄弟、夫妻、亲戚等）时，不建议使用这种方法。

5月24日8:30——开会。

参加人：

刘飞支队长（以下简称刘队）及市局刑侦支队全体人员，以及Y县公安局刑侦队副大队长龙军。

案情陈述（龙军）：

5月23日早上9:00，县局刑侦大队接到祁小军（车主）报案，其长安微型客车（俗称"面包车"）被盗，被盗地点为长嘎湖风景区右侧乡道路边，"好运客栈"旁。查勘现场和询问当事人，确定被盗时间为凌晨2:00—6:00，车牌XAG2520。这是4月11日至今，在长嘎湖风景区周边被盗的第 17 辆车，所有被盗车辆均为面包车，只不过品牌不同。警方查看路面监控视频发现，所有被盗车辆均从 Y 县县城北入口进入县城，从监控视频看，由于 Y 县县城正在进行城镇改造，许多道路还未安装监控，因此被盗车辆进入县城后很快失去踪迹。

侦查一个多月未果，Y 县公安局决定向市局汇报，请求支援。

案情研判：

经讨论认为，1. 作案者为同一团伙；2. 根据有两辆车同时被盗的情况，明确该团伙由 3~5 人构成；3. 监控视频显示，盗车者均头戴帽檐较长的棒球帽且帽子压得很低，前挡风玻璃的遮阳板被翻了下来，完全遮挡了盗车者的面部，这表明盗车者是惯犯，有一定的反侦查意识；4. 车辆在 Y 县县城内进行了改造（如重新喷漆等）；5. Y 县县城内有该团伙的汽车修理厂。

侦查方向：

排查县城内的汽车修理厂（以下简称修车厂）。

5 月 25 日——对城南的修车厂进行了排查，共查 6 家，无果。

5 月 27 日——对城北 3 家、城东 3 家修车厂进行排查，无果。

5 月 28 日——对城西 2 家修车厂进行排查，无果。

至此，共排查修车厂 14 家，县城内所有修车厂均排查完毕，未发现嫌疑修车厂。

5月29日——开会。汇总3天以来的排查结果，并对侦查过程和结论进行研判。由于未发现嫌疑修车厂，也没有人提出新的侦查方向，侦查工作陷入停滞。刘队要求所有侦查员对案情进行重新研判，争取尽早找到新的侦查思路。

5月30日——没有想出办法；看书、查卷宗（看看有没有什么启发）。

5月31日——去交警支队，看交警的兄弟们有没有什么建议。效果不理想。

6月1日——周末，上午在家看侦查推理方面的书。

晚上，和朋友外出吃饭。饭店距家约10公里，吃完饭叫了出租车回家。

坐在出租车里突然想到，Y县县城距案发地点有26公里，如果盗车者是从Y县县城出发，那么显然不可能步行前往，必然有交通工具；盗车后，也必然需要人将该交通工具驶回Y县县城，那么，Y县县城北入口的监控中就应该有该交通工具的视频，如果找到这个视频，就能实现"以车找人"。

回到家，立即电话将这一想法告诉刘队，并得到了刘队的肯定。

6月4日——上午，开会。明确了"以车找人"的侦查措施。

16:20，汇总视频侦查结果。在4个被盗车辆进入Y县县城北入口的视频中均发现同一辆轿车先于或后于被盗车辆进入 Y 县县城。因此，将该车辆确定为"嫌疑车辆"。

新的侦查方向：

请县交警大队配合，寻找嫌疑车辆。

6 月 6 日——找到嫌疑车辆，迅速秘密传讯该车车主。

17:45，案件取得突破，嫌疑车辆车主供出参与系列盗车案的所有同伙。

至此，历时近两个月、盗车 17 辆的系列盗车案告破！